A RESSURREIÇÃO DE LÁZARO

lu mello

Copyright © 2023 by Editora Letramento
Copyright © 2023 by lu Mello

Diretor Editorial Gustavo Abreu
Diretor Administrativo Júnior Gaudereto
Diretor Financeiro Cláudio Macedo
Logística Daniel Abreu e Vinícius Santiago
Comunicação e Marketing Carol Pires
Assistente Editorial Matteos Moreno e Maria Eduarda Paixão
Designer Editorial Gustavo Zeferino e Luís Otávio Ferreira
Capa Isabella Sarkis de Carvalho
Revisão Ana Isabel Vaz

Todos os direitos reservados. Não é permitida a reprodução desta obra sem aprovação do Grupo Editorial Letramento.

Dados Internacionais de Catalogação na Publicação (CIP)
Bibliotecária Juliana da Silva Mauro - CRB6/3684

M527r Mello, Lu
A ressurreição de Lázaro / Lu Mello. - Belo Horizonte :
Letramento, 2023.
84 p. ; 21 cm.. - (Temporada)
ISBN: 978-65-5932-390-6
1. Romance filosófico. 2. Dialética vida-morte. 3. Ressurreição.
4. Narrativa alegórica. I. Título. II. Série.
CDU: 82-312.1(81)   CDD: 869.93

Índices para catálogo sistemático:
1. Ficção - Romances existenciais 82-312.1(81)
2. Literatura brasileira - Romance 869.93

LETRAMENTO EDITORA E LIVRARIA
Caixa Postal 3242 – CEP 30.130-972
r. José Maria Rosemburg, n. 75, b. Ouro Preto
CEP 31.340-080 – Belo Horizonte / MG
Telefone 31 3327-5771

É O SELO DE NOVOS AUTORES
DO GRUPO EDITORIAL LETRAMENTO

Por que
me fiz poeta?
Porque tu, morte, minha irmã,
No instante, no centro
De tudo o que vejo.

No mais que perfeito
No veio, no gozo
Colada entre eu e o outro.
No fosso
No nó de um íntimo laço
No hausto
No fogo, na minha hora fria.

Me fiz poeta
Porque à minha volta
Na humana ideia de um deus que não conheço
A ti, morte, minha irmã,
Te vejo.

HILDA HILST, *DA MORTE. ODES MÍNIMAS.*

[...] só falta que Jesus, olhando o corpo abandonado pela alma, estenda para ele os braços como o caminho por onde ele há-de regressar, e diga, Lázaro, levanta-te, e Lázaro levantar-se-á porque Deus o quis, mas é neste instante, em verdade último e derradeiro, que Maria de Magdala põe uma mão no ombro de Jesus e diz, Ninguém na vida teve tantos pecados que mereça morrer duas vezes.

JOSÉ SARAMAGO, *O EVANGELHO SEGUNDO JESUS CRISTO.*

Aos meus pais,
Magnólia Lopes Neves
e José Oliveira de Melo,
dedico este neto postiço
feito de anseio e palavra.

A Alcione Corrêa Alves,
Maria Elvira Brito Campos e
Narayane H. S. Nascimento de Melo
que primeiro leram essa história.

11   **APRESENTAÇÃO**

14   **REMINISCÊNCIA I**
        ABISMO

16   **REMINISCÊNCIA II**
        "LAZARE, VENI FORAS!!"

21   **REMINISCÊNCIA III**
        DUPLO

25   **REMINISCÊNCIA IV**
        NÁUSEA

30   **REMINISCÊNCIA V**
        O MENINO DO BAIRRO CHINÊS

41   **REMINISCÊNCIA VI**
        RECORTES DE PAPEL / MORTE SÚBITA

55 **REMINISCÊNCIA VII**

A CARPIDEIRA QUE RI

65 **REMINISCÊNCIA VIII**

A GRANDE VERTIGEM

74 **REMINISCÊNCIA IX**

ANÚNCIO DE JORNAL

76 **REMINISCÊNCIA X**

ENQUANTO ESPERO POR MINHA SEGUNDA MORTE

83 **REMINISCÊNCIA XI**

UM QUASE-EPÍLOGO

APRESENTAÇÃO

> [...] é preciso antes de tudo ir, abandonar o que não me pertence mais; como o pássaro diante de minha janela, cortar o assombroso do abismo sem levar carga. e o qu'eu possuía? uma inabalável certeza diante da MORTE. para me provar que nada é preciso, até isso foi tirado de mim. para provar que só cruza o abismo quem nada leva [...] (Reminiscência X).

A epígrafe de José Saramago, ao nos ensinar que ninguém na vida teve tantos pecados que mereça morrer duas vezes, nos oferece um ponto de partida à leitura de A ressurreição de Lázaro, em sua tônica de novela que nos solicita a cada linha, o tempo todo, nos impossibilitando pausas. Em verdade, tanto quanto a verve, ademais da poética a nos recordar, em um segundo plano, a outras referências literárias fundamentais a uma ideia de literatura brasileira [notadamente no tocante a vozes narrativas propondo seu discurso desde um espaço pós-vida, ou extra-mundo como o conhecemos]; tanto quanto, dentre os muitos ensinamentos que pedro, lázara e a gama de personagens constroem a nossa leitura, no breve espaço da apresentação de uma [primeira, dentre muitas vindouras] edição da novela que ora se inicia, caberia assinalar, com muita pertinência, um, em particular: nossa posição relativa

> [...] quando em criança, eu tinha isso de ficar parado, olhando pro céu e me perguntar: são as nuvens, lá no alto, que se movem, ou sou eu aqui embaixo me movendo? como poderia, se permaneço parado no mesmo lugar? (Reminiscência V).

ou, mais precisamente, nosso movimento, ou sensação de movimento, condicionada a uma coletividade, em torno de nós e de algo maior do que nós, como referente de nosso movimento.

> [...] depois descobri, com a física, que o movimento depende do referente, e que o mover-me a mim não está condicionado unicamente ao agir voluntário de meus braços e pernas, mas em referência àquilo ou àquele ou àquela a quem eu me movo [...] (Reminiscência V).

A aparente loucura de pedro, assim como o constrangimento resultante de seu aparente flerte com a enfermeira, no leito do hospital de urgência, na terceira reminiscência; a dependência do cuidado de mana lázara, para efetivar sua higiene, na quarta reminiscência; no limite; a dúvida sobre sua própria morte, tanto no início da segunda quanto no quase-epílogo da quase-última (décima primeira) reminiscência: passagens nas quais a diegese nos solicita um sentimento inalienável de relatividade ou, no esforço de uma expressão mais adequada, de nossa condição essencialmente referencial, em relação a critérios ou existências outras, alheias a nós, amiúde superiores a nós.

> [...] por isso, embora parado permaneço, sem contradição alguma, em movimento constante em relação às nuvens, lá no alto, uma vez que elas se distanciam de mim, a cada segundo. no entanto, quase não há nuvens no céu esta manhã e eu permaneço praticamente parado [...] (Reminiscência V).

A dúvida sobre o espaço diegético do qual pedro nos narra seu suicídio instaura, logo na primeira reminiscência, a dúvida sobre sua pós-morte ou sua quase-morte, essa última suscitada pelo chamado, na segunda reminiscência, assim como pelo hospital de urgência e os cuidados profissionais, da enfermeira e da irmã, nas duas reminiscências seguintes. A voz narrativa da novela desestabiliza nossa [necessidade] [ou sensação de] aparente segurança em um espaço diegético de quase-morte nas duas últimas reminiscências, com a visita do duplo, a contemplar com pedro a morte de sua mana lázara; regressamos às páginas em busca de personagens em aparições cíclicas, às quais não atentamos em uma primeira leitura. Ao regressar, nos damos conta de que os indicadores últimos de nossa dependência dos referentes, de nossa dependência do coletivo, de nossas justificativas ao bem-viver (quando, por exemplo, na primeira reminiscência, pedro nos explana que sua pulsão pelo suicídio independia de carências materiais ou profissionais), de nossa superestima à importância dos colegas de repartição (bajuladores ou não; mas esses, sobremaneira), nos damos conta de que, tal como em nossa leitura de A ressurreição de Lázaro, em nossas próprias narrativas de vida, diegéticas ou [no mais das vezes] comezinhas em sua cotidianidade,nelas, igualmente, desprezamos as pistas de sua leitura e interpretação, aguardando nossa segunda morte sem haver compreendido, por completo, as circunstâncias da primeira. Cabe, nesse momento inicial, agradecer ao trabalho de lu mello, primeiro dentre muitos, nos brindando, desde seus começos, com uma poética envolvente em sua capacidade de, nos desestabilizando, convidar a regressar em novas leituras de nossas próprias trajetórias, a ver se, as relendo, nelas identificamos e nos defrontamos com nossos abismos-janela.

DR. ALCIONE CORRÊA ALVES
PROFESSOR DE LITERATURA DA UNIVERSIDADE FEDERAL DO PIAUÍ

REMINISCÊNCIA I
ABISMO

não sei ou não lembro exatamente quanto tempo transcorreu entre o momento do meu falecimento e aquele instante em que tomei ciência, de que, sim, era verdade, eu havia falecido; só sei qu'entrei em pânico. quando pensei em me atirar pela janela do pequeno apartamento onde morava, jamais imaginei que iria até o fim, sempre achei que uma mão amiga, sei lá, senão divina, suspendesse-me e me salvasse de mim mesmo. mas nããããão! é uma droga mesmo! e o curioso é que nunca pensei antes em me matar. mas a ideia veio súbita, rompeu numa tarde, não sei por que, apenas rompeu. talvez, ela estivesse ali desde sempre, nas minúcias de um insuspeitado cotidiano: no fundo dos bolsos, no rasurado da agenda, na dobra da orelha do livro, no jornal amassado na lixeira; e, latente, ansiasse apenas o momento de romper. mas por que então agora? ou eu já não me sabia víscera? e sangue? não há desilusões amorosas, crise financeira e não ligo pra isso de aparência e autoestima; também não me parece o caso de se tratar dum mero capricho, isso não! eu me conheço! nunca fui um homem caprichoso ou de muitos ímpetos e aspirações. sempre me contentei com o que estava dado aos dedos, à extensão de meus braços. e isto quer dizer qu'eu tinha uma vida confortável, não que morasse em um bairro nobre ou ocupasse um alto cargo público; nada disso! simplesmente eu tinha o qu'era suficiente para não ter de me aventurar com qualquer tipo de bobagem. nada de coisas dispendiosas, obrigado, e tenha um bom dia. então, por quê? o fato, porém, é que a motivação tão pouco importa; afinal, eu havia me matado. ah, vá! e de que servem as intenções e os desejos aos finados, se não lhes é dado gozar mais nada. nada! e, talvez, fosse até melhor eu, pedro, dizer coisa alguma, permanecer calado como estive até agora, e desistir de escrever minha *A ressurreição de Lázaro*; sim! sim! no entanto, confesso (bem, é preciso qu'eu confesse desde o início, para que não reste dúvidas ao leitor, e me creia quanto à dificuldade de redigir essa história), que por muito hesitei em escrever esta *A ressureição de Lázaro*; em muitas ocasiões fiz mais de um esboço e logo desisti, porque se me revelava um trabalho penoso descer ao papel essas reminiscências, tamanha a perplexidade que me causa a estranheza desta história, e nessas horas, de súbito, tomado pela raiva da frustração de não conseguir escrever, rasguei esses primeiros rascunhos. porém, hoje, é PRECISO que me lembre, com inteireza e da forma mais franca possível, o que me levou àquela situação tão estranha, e a todos aqueles eventos igualmente absurdos que se lhe sucederam em uma espiral desconcertante, e que me atormentam a mim desde então; ainda que me chamem "louco" ou "demente" ou "charlatão", isso tudo se faz PRECISO! uma vez que antes deste episódio, tudo m'era luminoso e compreensível. a vida passava sem muitas complicações: separava os colegas de repartição por classes (de um lado os sérios, do outro os bajuladores), às sextas-feiras à noite podia ir beber num pub/restaurante lá no bairro chinês e, nos sábados, pela manhã, fazer um passeio no parque municipal e quiçá passear de barquinho pelo lago artificial. sem que me desse conta, num dia, resolvi esmagar tudo isso, quando decidi pela minha morte e me joguei naquelas funduras. à medida que fui descendo ao abismo que s'escancarava diante de minha janela, fui descendo também ao silêncio e à imobilidade absoluta; e a *tenebre eterne, in caldo e in gelo*; e, também, por fim, a lugar algum. a última coisa que me lembro é do mundo virar um grande borrão negro.

REMINISCÊNCIA II
"LAZARE, VENI FORAS!!"

 quando dei por mim, estava encarando uma luz ofuscante que se projetava de um teto branco; na verdade, tudo em volta era muito branco. ninguém mais parecia estar ali, pois a única coisa qu'eu escutava era o mais absoluto silêncio, interrompido, ocasionalmente, por um leve zumbido; zumbido esse que mais parecia vir de mim mesmo do que do mundo externo, a exemplo de quando se mergulha e se enchem os ouvidos com líquido, o que me deu a curiosa sensação de estar boiando sob muitas águas, à deriva, no vazio. depois de algum tempo, ou quiçá depois de tempo algum, ocorreu-me a mim qu'eu existia, quer dizer, alguma coisa sobre mim existia, pois eu repousava sobre uma superfície, algo relativamente macio; e isso quer dizer que, por extensão, eu também deveria existir! subitamente a esta constatação uma sensação de formigamento se apoderou de mim. até este ponto eu não tinha exata consciência de mim e do que ou de quem eu era. por um longo momento não recordava nada. meu primeiro esforço diante desta esta dupla constatação de existência e indeterminação foi de conhecer onde m'encontrava e saber o qu'eu poderia ser, se planta, pedra, lodo, ameba. apavorei-me diante dessas possibilidades. permaneci em silêncio, com os olhos ainda semicerrados, e aos poucos fui tomando ciência de minh'atual condição. eu cometera suicídio. era isso! eu havia me matado! uma corrente elétrica percorreu todo o meu corpo e tudo fez sentido de uma só vez: eu deveria estar morto. o qu'eu era estava claro para mim agora, mas não conseguia ainda ter ideia de onde estava e tampouco de como viera parar ali. agucei meus ouvidos na busca d'alguma pista, mas não pude distinguir nada, apenas o mesmo zumbido resvalando em minha cabeça. ainda não convencido de minha completa solidão, relanceei em derredor. nada além desse branco quase informe. teria eu confundido este zumbido em minha cabeça com algum tipo de voz? não; ALGUÉM me chamava pelo nome, tenho certeza! como se emergissem daquele mesmo abismo no qual quedei, palavras me chegam a mim, elevam-se um pouco acima de um sussurro, embora no silêncio soassem mais como um grito. um clamor. são quase nada, pensei como se fosse me dado ainda pensar, são quase nada, mas as entendo perfeitamente: ... *pedro, vem!*... pasmado, senti uma forte dor na nuca, que me fez soltar um gemido inaudível, para, então, deparar-me com o que parecia ser uma grande janela de vidro polido, e por um instante cogitei estar deitado em meu quarto, como que desperto de um sonho; o que em seguida pareceu pouco provável, pois a vista, que aos poucos começava a se desanuviar diante de mim, era completamente diferente daquela com a qual estava habituado. um grande parque se desvelava diante de mim com seus ipês em flor, e até esse mundo lá fora se revelava toma do por uma indescritível brancura: ao fundo nuvens muito espessas velavam o céu, como uma manta do mais puro algodão, ao mesmo tempo que uma névoa se destacava no primeiro plano, envolvendo melancolicamente toda a paisagem com um brilho perolado, salpicando a vidraça da janela com pequenas gotículas d'água, que rutilavam quando algum raio improvável de sol rompia fugazmente o espesso invólucro de nuvens branco-acinzentadas. esse curioso efeito de luz e sombra, umidade e frio dava à cena um tom profundamente etéreo, incorpóreo. a luz vacilante que atravessava, timidamente, o espesso véu formado por nuvens e neblina projeta uma sombra vaga sobre o contorno dos transeuntes. à medida que estes se movimentavam, com seus passos arrastados, a umidade condensada no ar em forma de gotículas rodopiava fantasmagoricamente em torno de seus calcanhares, lombares e dorsos, borrando suas silhuetas, dando-lhes um ar de miragem. de uma forma geral, sozinhas ou acompanhadas, essas pessoas seguiam caladas e completamente inexpressivas; não de um jeito contemplativo ou reflexivo, não é nada disso que quero dizer; apenas que tinham expressões vazias...

feita esta importantíssima constatação, pisquei os olhos convulsivamente, como se não de todo crente no que via. teria tudo sido um sonho? o céu? o pássaro? a queda? a escuridão? então, não sou eu víscera? e sangue? meus pensamentos estavam difusos, e por mais que insistisse, eles relutavam, de modo que não os conseguia pôr em ordem. minha cabeça doía.

finalmente acordou, falaram de repente, para meu espanto. ao tentar me virar para ver quem falava, senti novamente minha cabeça latejar de dor e dessa vez fui tomado por uma forte vertigem. pensei que desmaiaria. neste instante senti mãos frias e invisíveis me apalparem, em meu auxílio. que l-l-lugar... é esse?, perguntei, aturdido. hospital municipal de urgência, responderam. como vim parar aqui? catalepsia, disseram, e como eu ainda estava lerdo tornaram a dizê-lo, o senhor sofreu traumatismo craniano e aparentemente ficou em estado cataléptico. achamos que estivesse morto. íamos levá-lo ao necrotério quando perceberam que o senhor estava respirando e trouxeram-no de volta ao leito, às pressas. um verdadeiro milagre, se o senhor quer saber... absurdo!, ocorreu-me ter-lhes dito depois, mas já era tarde, absurdo! médicos e enfermeiros não distinguirem o vivo do morto! passada a fúria, tentei processar a informação. tive vários ossos quebrados e uma hemorragia meníngea, em decorrência do trauma sofrido na cabeça, aspecto que me levou a ser submetido rapidamente a uma cirurgia. um coágulo se formou em meu cérebro. após o procedimento permaneci em coma; e ao que parecia, durante três ou quatro dias, mais ou menos, não sei dizer ao certo, pois tudo ainda me é um tanto confuso, quanto vago, durante três ou quatro dias eu estive completamente inconsciente e, por resto, dado como morto.

    mas quem me reinstituiu a mim?, disse-me eu. quem é AQUELE cujo sopro se fez sobre meu rosto? um hálito-vida me chamando para fora... claro, pergunto porque quem dorme assim tão profundamente, imerso em uma letargia muito próxima à morte, só pode acordar por uma violenta excitação. embora repetisse, com insistência, a pergunta resvalava sem qu'eu obtivesse qualquer resposta satisfatória. e eu sei que tu, curioso leitor, quer qu'eu te dê toooodas as respostas. lamento. se escrever essa *A ressurreição de Lázaro* fosse um exercício fácil, seria igualmente vão e supérfluo, pois entre meu óbito e minha segunda vida não restaria MISTÉRIO algum, tudo estaria dado *ab initio* e, por extensão, tampouco teria razão de ser a inquietação que me compele a tentar entender o que fui e o que sou, e as circunstancialidades que me levaram a tudo isso. então, peço a sua colaboração. todavia, se ainda achares de todo uma narrativa aborrecida (iiirgh! paciência!), basta fechar o livro e ler outra coisa; ora, o que não falta são panfletos nas esquinas.

    seja como for, pode a consciência que resta após eu ter permanecido tanto tempo desfalecido ser razoável em algum termo? ou simplesmente, ao romper as funduras daquele sono no qual quedei tão profundamente, rompia também com algum tipo de sonho, e ao fazê-lo não seria o mesmo que dizer destes fragmentos de consciência sê-los antes fragmentos do horror, do delírio? e como isso seria possível se, d'início, ao despertar não dei por mim? ora, não era a consciência de mim mesmo que denunciava a continuidade do meu ser, mas, sim, a consciência do mundo físico em derredor: uma cor, uma voz, um tato. há um intervalo entre a consciência do mundo e a minha posterior individualização dele. chamemos tal intervalo (como tem sido referido por meus conhecidos) de "ressurreição". esta ressurreição é possível por uma aproximação ou deslocamento dum estado anterior de nulidade existencial (ou "estado vegetativo" e "cataléptico", como gostam de dizer) e o reconhecimento em relação a uma exterioridade pré-existida, em sua materialidade coletiva.

o senhor não deve fazer muito esforço, asseveram-me as vozes, quando me mexo de forma brusca. chamarei o médico. o senhor deverá fazer alguns exames e ficará de observação antes de lhe darem alta. ah, tem uma parente sua o acompanhando. verei com o médico se deixam-na entrar. as vozes se distanciam sem que eu possa ainda tomar ciência de quem são. ouço uma porta em algum lugar se fechar. agora sei que de fato estou só. e quem era essa fulana? por ora, isso pouco importa...

encho o peito de ar. agora são as costelas que doem; mas sinto outra coisa além da dor, mais sutil e penetrante. sinto a vida palpitando lá no fundo. uma sensação curiosa, muito curiosa... sim, curiosíssima! pois é a primeira vez que percebo que de fato é, que de fato lá está, e me pertence. mas senti-la pulsando, confesso, quente e tão íntima me causa náuseas. tento levar as palmas das mãos ao rosto, sem que o corpo me obedeça, pois, em verdade, muito de mim ainda dorme.

miro outra vez a janela, cuja vidraça frio e névoa comprimem. a multidão segue, através dela, ainda indiferente, sua procissão melancólica, tão incerta e vacilante como uma miragem projetada pela estranha iluminação daquele dia.

estou pesado, mas acima de tudo estou. as energias vão aos poucos me deixando. tento em vão lutar contra a insensibilidade que aos poucos me vai reconduzindo ao meu estado anterior. apavoro-me. frustrados os meus esforços para me mover a mim, torno a dormir, dessa vez um sono atribulado, inquieto...

REMINISCÊNCIA III
DUPLO

despertei de meu sono algumas horas depois, menos atordoado, e ainda assim infinitamente mais dolorido, pois de fato a sonolência me deixara por completo e agora eu sentia as dores de minha queda. deveria estar todo quebrado. anátema!

quando abri os olhos deparei-me com uma enfermeira magrela e espichada, meio dentuça, meio sardenta, parada num canto, arrumando um arranjo de flor, e, próximo a mim, estava ela, a parenta da qual me falaram mais cedo. ela usava umas roupas simples e sóbrias que combinavam com o olhar resiliente e a postura contida e severa. trazia os cabelos presos num coque muitíssimo apertado. ela se movia lentamente, nada expansiva, como se o passo lhe custasse, não que mancasse ou fosse coxa, na verdade trata-se de um passo muito firme e pesado, como se meditado ou ensaiado ou qualquer coisa que lhe valha. essa figura de aspecto noturno e terrestre era lázara, minha irmã mais velha.

tanto tempo sem ver teu mano, agora anda a passeio para conversar com fantasmas! pasmo! se duvidar dentro da bolsa deve ter até uma tábua ouija!

não me venha com essas tolices, pedro!, retrucou ela com um muxoxo, amarrando a cara.

apesar do tom ríspido, ela não parecia realmente ofendida; então, prossegui: pois saiba que é verdade, disse-lhe num deliberado tom de desafio, enquanto sorria, sacudindo debilmente o dedo indicador em sua direção. vamos! pergunte a ela, prossegui, indicando a enfermeira no canto, confirmará para todos os efeitos que morri. sua expressão não se alterara, e permanecia exibindo uma feição desagradável, como se pressentisse algo.

sim, já sei de tudo; e que diabos te deu para te jogar pela janela, assim, num rompante? quer dizer, disseram que te jogou... é sério isso? enlouqueceu?!

quer realmente saber?

silêncio.

espera.

lanço um olhar furtivo para a enfermeira que está no canto, distraída; parece estar cantarolando baixinho. em seguida faço um gesto arriscado com as mãos, indicando que se aproximasse. lázara dá dois passos muito curtos e ligeiros e para abruptamente. sacudo a mão novamente, com urgência, franzindo a testa. ela me olha com desconfiança e impaciência; as olheiras denunciam seu cansaço. ela dá mais um passo e se curva sobre a cama, de modo a obstruir o campo de visão da enfermeira. segurei sua mão esquerda com força, ou ao menos com toda a força da qual dispõe um homem hospitalizado, enquanto sustentava um olhar penetrante. ergui a cabeça em sua direção, meus lábios levemente abertos. posso sentir o frescor da alfazema exalando de sua carne. ela inclina o ouvido, atenta, esperando pelas palavras qu'eu logo lhe confessaria. paro. espio por cima de seus ombros. a enfermeira permanecia alheia, completamente imersa em seus afazeres. movi-me rápido.

os olhos de lázara se arregalam, em evidente sinal de espanto; senti sua mão estremecer sobre a minha, como se tivesse levado um choque elétrico de leve, quando pressionei meus lábios em sua boca. por um instante essa foi a sua única reação, permanecendo praticamente imóvel, porém não demorou para que sua cabeça emergisse, com violência, cessando o beijo num sonoro estalo. o canto de sua boca treme quando ela leva a ponta dos dedos igualmente trêmulos aos lábios, completamente ruborizada. lázara olhava para mim com... incredulidade? com raiva, muita raiva, extrema raiva.

realmente..., sussurra, ficou louco..., e corre, aos tropeços, quase estatelando-se no chão, para fora do quarto, passando pela enfermeira que nada entende, deixando às suas costas a porta do leito escancarada e três ou quatro garotos curiosos no corredor, estáticos, olhando avidamente para mim.

retribuí seus olhares com um sorriso maroto, cruzando as mãos debaixo da cabeça, como faria uma criança qualquer que acaba de confidencializar aos melhores amigos alguma traquinagem da qual, por pouco, não fora pego.

pedro, isto é demasiado vergonhoso, demasiado humilhante! sei que dispõe, no teu instante, apenas de uma confusa lógica, e qu'isto de sondar o MISTÉRIO é uma tarefa ingrata, mas e a verdade, pedro? e a verdade?! atentai de todo para ela. sei também que tu poderás dizer, abanando a cabeça com aquele ar de gravidade: hipócrita! não é igualmente deplorável querer julgar o espírito de teu outro com a justeza da tua própria verdade? não é isto que tu fazes agora, em pormenores? e te direi a ti que isto, de forma alguma, me parecerá honesto vindo de tua parte. afinal, por quantas vezes tu mesmo já não foste intruso no espírito de teus outros? e se ainda assim tu insistires que não, dir-te-ei a ti: a verdade é qu'isso de te fingir de louco foi a forma que encontraste, embora não tivesses consciência ainda, pra fazer calar a pergunta que não tinhas (e ainda não tens) como responder: por que tentaste te matar naquele dia? se queres chegar, de fato, ao fundo deste MISTÉRIO, é preciso antes de qualquer coisa que digas tudo e com verdade, que não guardes nada, que não dissimules coisa alguma, do contrário permanecerás na angústia que te aflige, pois insensatamente camuflas as pistas que te levam aos porquês; e te sei profundamente angustiado, para que sigas deste modo tão irresponsável. pensas bem.

ora, está bem! está bem! vamos lá! que queres qu'eu diga? não dissimularei absolutamente nada! sei que a ofendi profundamente e não tenho como lhe pedir perdão. sei também que armei uma armadilha para mim mesmo, e não poderei reclamar se me internarem em uma dessas casas de repouso para gente com transtornos mentais. não me importo! não é que com a morte tenha morrido a sanidade, apenas as amarras. com minha vida anterior morreu toda a arbitrariedade moral e por meio disso eu me fazia tão livre quanto um homem jamais poderia sê-lo estando vivo de uma primeira vida tão terrena, prova maior é que o digo agora, sem reservas. estas percepções me fazem completamente diverso do meu eu da vida passada e todas as coisas adquiriam um surpreendente sentido. e isso não quer dizer, no entanto, que essas novas percepções sepultem as antigas, elas paradoxalmente coexistem, multiplicam-se, enquanto eu mesmo multiplico-me diante da morte, porque a regra é aquela de João: *se o grão de trigo que cai na terra não morre, fica só; mas, se morre, produz muitos frutos.* apenas uma contiguidade liga esta vida àquela de antes, dois extremos irreconciliáveis de uma única e mesmíssima coisa.

continuei a murmurar comigo mesmo, relanceando incessantemente pela janela. a essa altura o sol não havia apenas vencido as nuvens que obstruíam seu percurso, como estava a pino, lançando seus raios dourados sobre o parque defronte; a paisagem parecia absorvê-los, tingindo-se com régios tons de ouro.

quando a enfermeira passou por mim para arrumar as persianas, joguei-lhe um beijo com a mão. para minha perplexidade ela correspondeu ao gesto com uma piscadela.

senti um calafrio.

e me encolhi sob as cobertas.

REMINISCÊNCIA IV
NÁUSEA

havia algum tempo, eu encarava o rosto pálido que me fitava do espelho do guarda-roupa, enquanto esperava mana lázara voltar ao apartamento. eu tivera uma noite de sono relativamente desconfortável, acordara mais duma vez no meio da madrugada. fora a primeira vez qu'isso acontecera desde minha alta do hospital. depois de delongado tempo e com um esforço pesaroso os primeiros raios pálidos de sol entraram através janela, infiltrando-se pelas frestas da cortina. a luz, ainda que difusa, fora suficiente para me incomodar. e eu encarara as nesgas finas de luz, sob as quais pairaram, rutilantes, pequenas partículas de fuligem, com certo desânimo. amanheci com um gosto amargo na minha boca. descobri qu'era a vida. porém minha atenção não se prendeu a esse fato, pois logo dei pelo rosto que me encarava do outro lado do quarto. quase uma hora havia se passado desde então e o perfil repulsivo, de aspecto hediondo, seguia m'encarando, as narinas dilatadas como se de bicho que fareja. lá pelas tantas, já muito incomodado, comecei a praguejar baixinho: eu não era assim, não, murmurei para mim mesmo, enquanto analiso esse desconhecido emoldurado no espelho. eu não tinha os olhos de agora, esses olhos vermelhos, olhando sempre pro de dentro, pr'esse mais agudo de mim mesmo. víscera. e sangue. apalpo queixo, aliso bochechas, aperto a ponta do nariz (quase espirro), mexo a mandíbula, estico a língua, tento me agarrar aos cabelos, arregalo os olhos... pelos céus! esses olhos aí não são meus, não! aborrecido, desisto de encará-lo. viro o rosto para o teto e fecho os olhos. é neste instante qu'escuto a porta do apartamento se abrindo. é mana lázara que volta. ela se dispôs a ficar comigo, cuidando aqui de mim por algum tempo, até qu'eu me arranje. não é uma questão de me recuperar de minha queda. ela teme, eu sei, nem é preciso que o diga, qualquer um temeria o mesmo, qu'eu tente de novo "alguma besteira", como se diz por aí. a mana era prestativa e muito boa nesses afazeres de casa e de cuidar de gente enferma (aliás, ela tinha um curso técnico em enfermagem e trabalhava em uma das alas do hospital municipal de urgência). assim, com perícia de uma velha monja, ela fiava o tempo como quem reza, estando a maior parte do dia cabisbaixa, como se passasse entre os dedos um sem fim de contas. era um fardo, eu sabia, ter de cuidar de mim, mas ela não murmurava; nunca foi do tipo de fazer queixa da própria vida e muito menos da vida dos outros. mas isso não quer dizer necessariamente que não as tivesse, mas que fosse o caso de que não as compartilhasse, e em sendo este o fato, não saberia afirmar. porém, posso dizer que nunca foi muito crédula, e se lhe faltavam contas de verdade, já lhe sobravam vagens verdes para debulhar no balcão da cozinha. ela tem mãos ágeis. e com ágeis mãos, ela prepara bacia, água, unguentos, esponja, com as quais limpar e perfumar a minha carne, já que lhe é muito trabalhoso (e não sem razão) me levar sempre ao banheiro, para que me lave. ela mergulha a esponja na bacia, torce de leve para tirar o excesso, se adianta sobre mim e se estende. quando ela me toca sinto náusea; não sei dizer que é tal náusea, senão a consciência que dela tenho. mas dizer isso é demasiado vago, eu sei; é que quando ela me toca é como s'eu me tocasse em mim; e, ainda, assim, não me tocando, porque ela me toca, apenas pressentisse a suposta frieza duma carne morta, essa premente possibilidade do NADA. essa sensação de horror que me sobe e revira as entranhas vai crescendo em mim à medida que sua mão desce às minhas partes baixas, alimentando esse meu mal-estar. por outro lado, não posso negar o fato (pra mim tão evidente, tão exato) de qu'essa mesma sensação terrificante não me causa apenas náusea, como parece exercer sobre mim algum tipo de fascínio mórbido, e isto, talvez (só talvez), me perturbe mais qu'essa vontade absurda de vomitar, pois é como se no fundo eu desejasse que mana lázara continuasse, tocasse-me onde em mim não tenho coragem de tocar, para compreender, por intermédio dela, o que meu espírito não consegue abstrair, o que ele se recusa a abstrair, como se fosse diáfana a alma de um homem-lázaro, e permissível, apenas neste instante, conhecer o segredo, só porque me tocas onde não alcanço; mas percebo que não é assim, à medida que tu segues teu afazer, eu percebo, é tudo opacidade na maravilha da carnação. possivelmente, desvendar o MISTÉRIO, penso agora, não tenha a ver com fazer do corpo opaco o lustroso, o cristalino, o transparente. permanecemos três opacidades: eu, tu – mana lázara –, e o OUTRO m'encarando no espelho, as narinas dilatadas como se de bicho que fareja. tua mão vai descendo. primeiro meu ventre, depois vai chegando à altura da minha virilha; agora, tu deslizas a esponja umedecida pelo interior da minha coxa, é nesse momento em que não sinto mais NADA, em que me sei absolutamente NADA, uma só imobilidade, no qual sou tomado por uma ânsia terrível e toda minha face se contrai num esgar. não concebo como tu podes ser assim, mana lázara, e me tocar sem nenhum pudor, sem sentir-te infecta do mesmo nojo qu'eu, de se ver invadida pelo mesmo vazio. a mão estendida é minha recusa à obscenidade deste gesto de tua insensibilidade; ela afasta-me, salva-me do horror; hesito por um instante, é verdade, antes de travar-te o pulso. tu me olhas.

    te machuquei?, lázara pergunta; como não respondo (pois tenho medo que se me forçar a palavra, eu vomite), logo emenda: alguma coisa, em ti, te dói?

apenas faço um gesto negativo com a cabeça, o mais suave que posso para não provocar ainda mais a ânsia de vômito. ó, sê grato, pedro! agradeces ÀQUELE, pois não há coisa mais misericordiosa para ti do que o utilitarismo de tua mana lázara. ela pensa carne, osso, fratura; tu pensas o incontornável do MISTÉRIO. por outro lado, se tu não te olhasses para ti, tão intenso e profundo, tu não farias dela essa náusea que é só tua. se ao contrário, tu fosses mais ela, isto é, materialista, não sentiria teu estômago embrulhar, tu dirias com simplicidade "é apenas carne essa minha coxa, e teu nojo uma artificialidade, a qual não tem razão de ser"; mas depois de te quebrar nas funduras em que despencou, teus pés foram para todo sempre desterrados do chão, no momento no qual AQUELE, à beira do teu leito, te chamou pelo nome e disse "vem". se tu fosses mais ela, e tão somente como ela, o mais próximo do teu eu de antes, que ao limpar as galinhas e os peixes, vê na víscera e no sangue sobre a tábua de corte apenas a carcaça, a sobra, tu nunca suspeitarias que essa mesma víscera e esse mesmo sangue são antes de tudo ESPÍRITO e VIDA. ela termina de me limpar. recolhe a bacia e me fala com voz baixa e calma, a inflexão do costume:

deveria dar uma olhada no espelho, está bem melhor agora, com os cabelos penteados, antes pareciam uma arapuca!

no momento seguinte, quando me olho a mim no espelho, enquanto lázara me veste após o banho de esponja, não me reconheço a mim na figura que me encara. sei que até este ponto não fui muito claro; deixe-me ver se me faço entender melhor... é como se a figura pálida no espelho estivesse completamente deslocada, ela não s'encaixa com o resto, como se não pertencesse a este mundo. há algo de aberrante nesta minha existência e mesmo de intolerável e imoral, pois como posso ter morrido e, ainda assim, contrariando tudo qu'é natural, viver; pressinto que, cedo ou tarde, minh'existência atrairá alguma desgraça; pois me sei uma ofensa gravíssima à natureza. essa imagem refletida diante de mim é completamente anormal. não feia, nem bela, embora dessa minha fisionomia sempre me disseram a mim quando em-vida (e isso pouco m'importa) ser muito bela. lábios grossos e rosados, cabelos pretos encaracolados caídos à altura das sobrancelhas, pele impecável, sem marcas, cravos ou espinhas, a barba sempre rapada, pescoço alado, ombros largos, sobrancelhas espessas e mui bem desenhadas sobre uns olhos... não! eu não tinha esses olhos vermelhos de agora!

... hemorragia subconjuntival, alguém disse, dentro em breve haverá de desaparecer. breve quando?, pergunto. coisa de duas a três semanas, no máximo. lá se vão quase duas semanas e nada, meus olhos continuam de um vermelho muito vivo. de novo me vem aquela maldita náusea! desta vez não resisto, viro-me na cama, olho para baixo e vomito. levanto a cabeça sem ar. mana lázara que retorna ao quarto de repente se apavora e corre porta a fora com as mãos na cabeça, completamente aturdida. sinto que vou desfalecer, pois, no fim das contas, resta apenas a assustadora consciência de que parece não haver um limite preciso entre mim e o espelho no outro lado do quarto.

REMINISCÊNCIA V
O MENINO DO BAIRRO CHINÊS

  quando em criança, eu tinha isso de ficar parado, olhando pro céu, e me perguntar: são as nuvens, lá no alto, que se movem, ou sou eu aqui embaixo me movendo? como poderia, se permaneço parado no mesmo lugar? depois descobri, com a física, que o movimento depende do referente, e que o mover-me a mim não está condicionado unicamente ao agir voluntário de meus braços e pernas, mas em referência àquilo ou àquele ou àquela a quem eu me movo; por isso, embora parado permaneço, sem contradição alguma, em movimento constante em relação às nuvens, lá no alto, uma vez que elas se distanciam de mim, a cada segundo. no entanto, quase não há nuvens no céu esta manhã e eu permaneço praticamente parado.
  … faz algum tempo que você não tira os olhos da janela…
  por um instante m'esqueci de qu'ele estava ali, junto de minha cama. e quem era mesmo este rapaz sentado ao pé de mim? *demim? demim… demimdemimdjimimdjimimjimimjimin*… ji-min… sim, é isso: zhìmín! wáng zhìmín!! era o menino qu'eu conhecia do bairro chinês; frequentamos o mesmo pub/restaurante, costumeiramente às sextas-feiras. como há de se presumir, conheci-o certa noite enquanto bebia e simplesmente sucedeu de ficarmos amigos. wáng zhìmín, disse. como não compreendia, ele escreveu num guardanapo três

hanzi (ele me ensinou que esses sinais ou caracteres chineses a gente chama assim, *hanzi*), e embaixo deles sua transcrição em *pinyin* (que é a forma como lemos):

王智旻
WÁNG ZHÌMÍN

wáng é meu sobrenome, significa "rei"; zhìmín é meu nome, e quer dizer "sabedoria do céu". zhìmín?, perguntei. zhìmín como o Ji-min da BTS? ele riu, acenando positivamente, meio encabulado.

este garoto aparentava ser mais novo do qu'eu, na verdade não deveria ter mais de vinte anos. apesar da pouca idade e de se mostrar aos meus olhos muito tímido, quando falava deixava transparecer muita maturidade, tal como um aguçado senso de observação e poder de análise; expunha com uma honestidade quase ingênua ou cruel a filigrana das coisas se lhe perguntassem. a título d'exemplo, buscarei reconstruir da forma como ora melhor me ocorre um de seus argumentos, por ocasião do assassinato de uma mulher negra noticiado no jornal das seis, o qual, embora lacônico, se revelasse assaz contundente: a maioria tem certeza que se trata de uma ladra. por ser ladra, tudo se justifica. a certeza das pessoas é sufocante. prefiro ficar com minhas dúvidas. são angustiantes, mas me sufocam menos. agora, se você é negro, índio, mulher, gay ou estangeiro como eu, comentou wáng, as pessoas desta cidade sempre vão te olhar torto. quando cheguei aqui ainda pequeno, as outras crianças riam de mim por causa do meu jeito de falar e me excluíam. eu era invisível. não tinha direito a dizer, e quando o tinha, ninguém m'escutava. apenas deixavam-me falar para se dizerem democratas, pessoas de bem e civilizadas, mas eram palavras jogadas ao vento. quando não, apenas o faziam para poderem debochar de mim. por fim, também havia aqueles casos nos quais me deixavam falar com o único intuito de qu'eu ratificasse seus fetiches e suas taras por "asiáticos", como se fossemos todos iguais. nunca estamos seguros. parece uma coisa que marcaram em nossa carne sem que mostrassem a gentileza de nos pedir permissão, algo que se assemelha e muito a um tipo de alvo. a morte espreita em cada esquina, pedro.

numa sexta qualquer, bem antes do meu acidente, aconteceu de muito bêbado não conseguir dirigir para casa. iria pegar um desses motoristas de aplicativo, mas ele sugeriu que dormisse em sua casa que fica ali perto.

pode ficar com a cama, dormirei no sofá da sala.

mas tua namorada não vai s'incomodar?, pergunto.

quê? não, não tenho ninguém no momento. na verdade, moro sozinho.

ahhhh..., entendi.

mas e tu, quais são tuas predileções?

as mesmas que as suas, suponho..., respondi, enfatizando o "as suas". ou m'equivoco?, mordo levemente o meu lábio inferior, tomado pela ansiedade do momento. um sestro que tenho.

lǎo wáng (老王, isto é, "querido wáng", conforme havia me habituado a chamá-lo) olha fixamente para mim, antes qu'eu o puxe pelo quadril, com força, para junto de mim. posso sentir sua respiração pesada em meu rosto. seu hálito é quente e cheira a uma mistura de gin e hortelã. pressiono meus lábios contra os seus, a língua desliza para dentro e desperta sua língua, entrelaçam-se; sorvo suspiro e langor em sua boca. um movimento frenético se segue. agarro sua camisa, abrindo-a de uma vez. botões voam pela cama. o limite é ultrapassado. no excesso deste gesto reside uma compreensão possível da morte; e, eventualmente, eu deduzo, haj'aí uma pista do MISTÉRIO. os aguados que se fizeram, naquela noite, entre mim e lǎo wáng, abre-nos a possibilidade d'entender de nós todos a finitude; porque cegos tocamos o outro, quando, em verdade, tateamos nossa própria morte; e na morte, a nós mesmos. estando para ele, portanto, estou para a morte. quando me deito com ele, e por ele sou abraçado, é de mim mesmo que tomo posse. não posso ignorar, por outro lado, a crueldade deste gesto, pois não o vejo, nem ele a mim. neste jogo, duas vontades se anulam, na sombra de um quarto. não há vencedor, nem vencido. quando o sinto em mim, sobre mim, deslizo lentamente as mãos sobre toda a extensão de suas costas lisas e largas. rouquenho, deixa escapar um som agônico, moribundo, indicando que chegou a hora. verte-se sobre si mesmo, e com violência deslizo as unhas em suas costas, arranho-o, com violência puxo-lhe os cabelos. depois verto-me sobre ele, mordendo seu pescoço. *lăo* wáng cai desfalecido dum lado, d'outro estou eu, seu reflexo. expondo assim parece nem haver sentido na queixa contra minha extinção, afinal com'esse episódio (e tantos outros, diga-se *en passant*) deixa claramente entrever, eu experimentara várias vezes essas sensações de morte, e qu'ela é coisa certa, enraizada no mais profundo de meus cotidianos. deste modo, fenecer não teria absolutamente nada a ver com a ideia qu'equivocadamente julguei minha (ela já estava aqui antes de mim e permaneceria). desde muito cedo assassinato e suicídio se faziam em minha carne. *a morte espreita em cada esquina, pedro...* a cada esquina a morte se faz nova, apresenta-se sobre disfarce outro, camufla-se. por exemplo, um PM racista no cruzamento da avenida principal, um encontro fortuito em um pub/restaurante no bairro chinês, um pássaro que sobrevoa um fim de tarde. morremos, sem que nem percebamos. logo, antes de me atirar pela janela já teria eu morrido e ressuscitado vezes tantas que nem sei contar. então, por que a estranheza?

na manhã seguinte, ao acordar, deparei-me com *lăo* wáng sentado no chão, com as omoplatas encostadas na lateral da cama, de costas para mim. com a cabeça baixa, parecia encarar os próprios pés de um jeito sonolento, por isso não tinha certeza se de fato estava acordado. com os braços em volta das pernas, encolhia-se. por alguma razão senti um aperto em meu coração; porém, logo tratei de dirimir este pensamento, tentando me concentrar naquele cujas costas estavam bem diante de mim. ele é coisa da minha cabeça, uma ideia nascida de mim. doce ilusão brotando do mais íntimo *demim*. sonho mais querido *djimim*. audaz invencionice *ji-min* pensar a beleza do espírito consumada na carnação. ele qu'esta diante dos olhos meus, é *zhìmín* uma fabulação na cabeça de um outro; talvez, da de um deus do leste asiático. aproximei-me sorrateiramente, inclinando a cabeça pus-me a beijar seus ombros. pude ver as marcas que lhe deixara na noite passada. novamente senti uma angústia. comecei a cheirá-lo, ele ainda em silêncio. minhas narinas seguindo a forma da curva de seus ombros, sobem seu pescoço. ele ainda não dizia palavra alguma, então senti-me livre para tentar algo mais ousado: com uma mão virei seu rosto em minha direção, sorrindo da forma mais zombeteira possível, enquanto, com a outra, deslizando até seus meios, agarrei sua "coisa" mole, a qual ao meu toque foi lentamente enrijecendo. pouco a pouco, ela ressuscitava. ainda sorrindo, olhei para baixo murmurando "é lindo". erguendo a face, aproximei meus lábios dos dele. sem qu'esperasse, ele virou o rosto de uma vez para outra direção, e levantou-se abruptamente, sua "coisa" perfurando o ar como uma muito longa lança. que cabeça a minha! ainda não escovei meus dentes!, sobressalta-se. pasmado, embarafustou-se no banheiro, trancando a porta às suas costas.

... faz algum tempo que você não tira os olhos da janela, algo o incomoda?

hein?!

pergunto, porque pensei qu'estivesse sentindo alguma coisa. normalmente você não é muito de ficar calado, né. e de repente você ficou muito amuado, encarando a janela.

desculpe, *lăo* wáng. é que me lembrei duma coisa... foi só isso, nada de importante. mas o que dizias?

dizia eu que me espantei quando disseram que tu havias tentado te matar. fiquei besta, sem entender a razão disso. por que te matarias? outros já disseram que um ladrão invadiu tua casa e te arremessou janela abaixo, na hora da fuga. fiquei confuso e desesperado.

não acredite em tudo que te dizem, desconversei, com um ar de seriedade, as pessoas gostam muito é de falar besteira. foi um acidente. resolvi limpar a vidraça, escorreguei no molhado e cai. e foi só. uma desventura. poderia suceder a qualquer um.

entendi.

mana lázara estivera ocupada por um tempo com os afazeres domésticos, logo os terminando se juntou a nós. sentou-se ao lado da visita com sua roupa escura e pesada. *roupa de convento*, pensei, consternado. lázara, carmelita de coque apertado, quando conhecia alguém (ela mesma dizia) gostava ou desgostava da pessoa logo de cara, sem razão aparente, e para ela tudo bem. com lǎo wáng não foi diferente. mostrava-lhe os dentes e lhe falava com mansidão. oferecia-lhe o-de-comer que acabara de preparar: uma torta de banana com canela. receita de nossa mãe. enquanto comíamos pôs-se a tagarelar, como s'estivesse com suas amigas.

ele parece aquele ator tailandês, comentava ela a certa altura, como é mesmo o nome dele? Wich... Wich...

Wichapas Sumettikul, completo.

isso!

o B-B-Bible?!, wáng cora tentando segurar o sorriso. acho que não...

acho que sim, discordo prestando atenção melhor agora em seu rosto, tem uns traços muito parecidos... lázara tem razão. parece o Bible Wichapas!

se bem que meu pai é chinês e minha mãe é tailandesa, admite por fim, corando.

está vendo! está vendo!! ele é bonitão!!!

lǎo wáng não consegue conter mais o sorriso e solta uma gargalhada. ele conserva um olhar triste, mesmo quando está sorrindo. nunca lhe perguntei dessa sombra em seu olhar. nunca tivemos toda essa intimidade. em geral, ele fica a maior parte do tempo calado, os dedos alisando a palma da mão. esses delongados períodos de silêncio sempre foram, para mim, constrangedores; algo que me aflige em demasia e me compele, mui a contragosto, a falar compulsivamente. não gosto de falar. sempre sinto um nervoso quando tenho de falar. não ao público, mas ao indivíduo, esse falar íntimo, privado. sempre fui mais de escrever; aliás, por isso qu'escrevo essas linhas. sempre sinto-me, nesses momentos, tomado por uma tripla agonia: a ansiedade de ter de sustentar meu solilóquio, a de ter de cessá-lo assim abruptamente, e a de ser chamado "convencido" e "falastrão sem bom senso", por ter profanado o silêncio quase religioso em que mergulhamos, com meu discurso alegadamente pretensioso; quando tudo que faço se resume a uma guerra comigo mesmo. por outro lado, é bem verdade qu'eu não preciso dela saber, nem conhecer o que ele silencia para querer dele cuidar, consolá-lo, muito menos preciso compreendê-lo para saber que quand'eu o olho, ele sente que não é apenas afeto, mas outro tipo d'afeição; o qu'eu sinto é uma fome. desde muito foi uma fome... uma fome tamanha que me deixa tonto. escrevendo isto agora, lembrei-me de Carolina Maria de Jesus: "A tontura da fome é pior do que a do álcool. A tontura do álcool nos impele a cantar. Mas a da fome nos faz tremer". e eu tremia.

quer provar?, pergunta ele, de repente; a esta altura estávamos outra vez a sós. mana lázara aproveitara a visita para ir no mercadinho ali perto. os morangos que trouxe, insistiu, quer provar? não estou com fome. nem precisa estar, só uma mordidinha, vamos. não, obrigado. nunca provou, só por provar?, sussurra ele; os olhos presos naquele sentido entre o espaço do morango e meus lábios. e de novo sou assaltado pela certeza de que não consigo compreendê-lo inteiramente, e está tudo bem; apenas torço o nariz: nunca fiz nada só por fazer. as coisas, pra mim, têm que ter sentido, profundidade, ainda qu'eu não entenda, um assombro que m'inquiete... é pelo assombro, então?, riu-se. é pela vontade!, acresço, veemente. entendi... apenas penso: não, não entendeu!!

empalideci. estava perturbado diante da possibilidade de que aquilo que passara despercebido ao tato de mana lázara lhe tomasse de assalto, e ele, pensando "este não é pedro, mas um cadáver", se apartasse para longe de mim aterrorizado e nunca mais regressasse ao apartamento. não consigo suportar essa ideia. enquanto penso, sem que me dê conta já me toca. outra vez o enjoo me vem à garganta. às vezes, quando comia algo que não me caía bem no trabalho, na hora do almoço (o que ocorria com certa frequência), eu ficava num canto, enjoado. Um ou outro colega tirava sarro do meu "intestino frágil", como gostavam de alardear, repetindo sempre nessas ocasiões o mesmo gracejo, com notória finalidade insultuosa: é gravidez! Para as fêmeas o enjoo é clarividente sinal de prenhez. E tantas vezes, por causa de minhas "predileções", não me chamaram "mulherzinha"? não era essa uma outra forma (ainda qu'indireta) de dizê-lo? Estava, portanto, prenhe! Por que não?! Prenhe duma vida nova, de um eu novo e tão diverso. A qualquer momento essa minha cria rebentaria para chocar o mundo.

mas antes qu'eu-cria rebente, faz-se imperioso saber: por qu'eu quis me matar naquele dia?!

a ess'altura me pareceu que todos os transeuntes, os mendigos, os vendedores ambulantes, na avenida, lá embaixo, m'encaravam pela janela, até mesmo as árvores, as flores do canteiro, as placas de trânsito, o semáforo, as latas de lixo, a escavadeira no campo de obras do outro lado da rua, ora animadas por um estranho fôlego de vida, sem olhos pareciam me observar agora com atenção, com constrangedora atenção. não! com uma atenção inquisitorial o mundo me olhava. interpelava-me sem rodeios e sem fineza pela razão disso tudo, destes porquês. desviei a vista, certo que no instante no qual nossos olhares se encontrassem, fulminado, eu morreria de minha segunda morte. apressei-me em comer o morango que m'era ofertado. *lǎo* wáng sorriu, satisfeito: 好，很好。。。

* * *

mana lázara havia pedido a lăo wáng que lhe comprasse algumas coisas: materiais de limpeza e um pouco de veneno para ratos (minha irmã sempre teve medo de ratos, desde muito novinha, e acresce que desde minha internação no hospital municipal de urgência uma praga de roedores havia tomado de conta de quase todas as dependências do apartamento, de modo que a noite podíamos ouvir seu festim vindo de quase todos os lados; como não havia possibilidade de dedetização, posto que ainda estava me recuperando e não tínhamos outra opção de moradia até que o serviço fosse concluído, adotamos este método; embora, wáng tivesse sugerido que nos mudássemos temporariamente para sua casa, e sendo coisa de uma semana não lhe causaria incômodo algum, diante do que mana lázara e eu concordamos qu'era melhor se ficássemos por aqui mesmo e comprássemos um pouco de chumbinho; assim ele, wáng, ofereceu-se para ir às compras; para que não se ofendesse por havermos rejeitado-o por duas vezes seguidas, aceitamos prontamente). havia pouco, ele voltava ao apartamento com as compras. mana lázara o recebeu com um sorriso e um vestido de cor vibrante.

nunca te vi com esse vestido antes, comentei, displicente.

é novo, respondeu, corando; gostou?

muito. cai-te com perfeição. não concorda, wáng, que o vestido cai nela com perfeição?

concordo, sim!

nossa visita ria com gosto. desde nosso reencontro, com raras exceções, wáng ria alto, falava alto e sem reservas, gesticulava muito e sempre parecia trazer um sorriso torto nos lábios. aquele humor de riso rasgado seria mais adequado ao discurso de um Plauto, de um Ariosto ou de um Rabelais; e nada tinha a ver com sua inflexão do costume. eu não sabia dizer o que se passava com ele... ainda era ele? ou isso é porque eu sou um outro olhando-o atentamente como se fosse a primeira vez? nunca m'importei com os segredos d'alma, e se as alterações de humor (minhas ou alheias) por certo existiam antes, passavam despercebidas ao meu entendimento. este momento de lucidez fustigava meu espírito. cheguei a implorar pela terra e pela noite, por ESSE, o mais confortável de mim mesmo, um contorno adaptante às coisas do mundo.

sem perceber, um cheiro foi tomando conta de minhas narinas, sem qu'eu pudesse identificar de onde vinha. de início um quase nada, aos poucos foi começando a me incomodar, à medida que preenchia por completo todo o meu sentido, e eu já não conseguia mais me concentrar nas palavras que ele pronunciava com tanta grandiloquência, sempre acompanhado de gestos largos, decisivos, de modo que apenas o gesto permanecia, o sentido não. mana lázara gargalhava.

não podia distinguir a expressão no rosto de wáng; o ângulo, a luz ofuscante do sol entrando pela janela, tudo concorria para torná-lo um borrão impossível de ser descrito. digo isso porque não sei s'esse rosto-borrão denunciaria qualquer ciência ou mesmo desagrado com o estranho odor; por isso, não posso afirmar que apenas a mim m'incomodava.

ele continuava a gesticular, a manga da camisa esvoaçando. pensando bem, ele nunca me dissera que de fato trabalhava naquele pub/restaurante. apenas eu que natural[izada]mente o presumira. agora olhando para a manga que esvoaçava, suas roupas pareciam até mesmo caras demais para um simples barista de um pub/restaurante de esquina. isso nunca me parecera um dado relevante antes. ele nunca o disse, eu nunca o perguntaria. então por que diabos de repente me veio isso, assim do nada? outra vez aquele cheiro irritava as minhas narinas.

... você parece bem hoje, ele sorri.

será que não me vira coçar o nariz? piscar os olhos com força e incômodo? meu ar aturdido pelo cheiro sufocante? ou será que o cheiro não lhe incomodava de forma que pudesse ligar uma coisa à outra? a essa hora eu já quase arfava.

b-bem, um pouco... melhor... eu acho..., respondo a muito contragosto, com um ar de desconcerto.

podemos passear no parque municipal, que tal? lázara disse que a cadeira de rodas qu'ela comprou pela internet está um pouco atrasada, mas deve chegar por esses dias...

até quinta, agora, grita mana lázara da cozinha. segundo a mensagem do vendedor!

por um instante ocorreu-me rejeitar o convite, pois temia encontrar algum colega de repartição (especificamente aqueles bajuladores).

que bom!, diz se aproximando.

ele está mais próximo de mim do que nunca.

respiro profundamente.

o cheiro estranho exalava dele.

diante desta constatação o cheiro se tornou de tal modo insuportável qu'irritava minha garganta; e duas ou três vezes cheguei a pigarrear, quando minhas entranhas ameaçaram se contrair.

foi aí que me lembrei d'algo, não fazia muito tempo que alguém me contara; coisa à qual não dei muita credibilidade, uma vez que a pessoa em questão era um dos colegas de repartição que pertencia ao "grupo dos bajuladores". zhìmín?, perguntou este meu colega. um que faz faculdade de história? ah! sei quem é! de vista pelo menos. ele já namorou com minha prima. apesar da cara de sonso, dizem que terminou com minha prima para poder curtir o carnaval sem preocupações.

duas horas haviam transcorrido quando ele foi embora, mas o cheiro sufocante permaneceu por alguns instantes entranhado em mim, como se me pertencesse e não mais a ele, como se minha carne tivesse sido banhada, por inteira, no mesmo unguento; assim, persistente, permaneceu em minhas narinas aquele aroma floral pungente nauseante irritante floral...

... floral?!

sim, floral. mas flor de quê?

aroma da flor do castanheiro.

REMINISCÊNCIA VI
RECORTES DE PAPEL / MORTE SÚBITA

eu m'encontrava naquele momento soterrado sob uma pilha de papel. jornais, revistas exibiam suas manchetes chamativas em volta de mim. dentre elas havia uma reportagem dum físico quântico que dizia que a morte não existia, tomando, para tal, como ponto de partida, a hipótese ou premissa básica de que a própria vida não existe, qu'isso que chamamos "vida" não passa de um "acidente químico". eu mesmo que já havia morrido e ressuscitado achei isso tudo muito curioso, pois não sabia o que pensar diante dessa colocação. tipo assim, quer dizer então que eu NÃO-FUI, e deixei de SER o que NÃO-FORA, só para poder voltar a SER o NÃO-SIDO? mas s'eu NÃO-ERA, e deixei de SER, por certo quer dizer que em algum momento eu FUI?! inferno! isso faz sentido? fiquei matutando por um longo tempo. como não cheguei a conclusão nenhuma (e mesmo agora acho que dificilmente chegarei), apenas dei de ombros e segui o que estava fazendo: piniquei a folha do jornal com reportagem e tudo. o que foi uma pena, pensando melhor agora, pois se não tivesse feito isso poderia indicar ao leitor este texto, e depois ouviria sua opinião sobre. s'eu perguntasse tal coisa para lázara, ela chamaria o psiquiatra na hora! ela estava mais calma, a mana lázara, depois da visita de wáng. acho que ele falou coisas boas ao meu respeito, na saída; por isso, suponho, ela me deixou usar a tesoura (sem pontas) para fazer os meus recortes. então, serei um bom menino. ao menos, até terminar o que estou fazendo e... e o que seria isso mesmo? ah, é verdade, não te contei! estou fazendo máscaras com recortes de papel. a primeira máscara, eu a fiz com a forma de um corvo e a pintei com guache preta. a segunda, parece uma águia, e essa eu tingi de branco. a qu'estou fazendo agora é um pavão, e acho que vou pintá-la de amarelo. pretendo fazer mais uma: a face de um grande leão vermelho, como aqueles que se veem nas festividades do bairro chinês. acho que wáng gostará mais dessa; talvez, eu a dê para ele, mas é só uma ideia. quer dizer, depende se ficar bonita. me veio repentinamente essa vontade de agradá-lo. bem, é que após sua última visita meu júnior despertara depois de tanto tempo dormindo. achei qu'ele tivesse morrido quand'eu morri naquele dia. tive vontade de comemorar, como não posso fazer muito por ora, resolvi fazer esses recortes; aliás, coisa que tinha prometido antes a alguém. parece maluquice. ó céus, cada vez mais suspeito de mim mesmo! wáng passará aqui mais tarde; combinamos de sair, nós três, para passear no parque municipal. por isso preciso me apressar e terminar, pois logo mana lázara espicha a cabeça pelo portal para dizer-me que devo deixar isso de mão e cuidar para não perder a hora. mas antes disso, eu gostaria de te falar, meu leitor, um pouco mais sobre aquele artigo que li e reli avidamente. é que fiquei pensando. quando chegamos na entrada do parque municipal, parte da calçada que dá acesso ao portão principal estava (sabe se lá porquê) parcialmente destruída, em seu lado direito no sentido de quem entra. umas malhas metálicas estavam próximas, sem dúvida seriam usadas para dar suporte ao concreto que repararia o estrago. o ponto é que aquele que passa olha a malha junto ao asfalto e vê um conjunto de fios de ferro emaranhados e levemente enferrujados. o pedreiro, vê a matéria-prima de seu labor. o físico, talvez, olhasse e visse apenas um bloco de átomos de ferro, os quais, tendo perdido dois elétrons, se oxidaram. e há ainda um outro, aquele que passa sem que nada veja. e não teriam os quatro razão? o que é a vida para aquele que a perde e aquele que a ganha? tudo depende de quem passa e de como olha.

    tendo atravessado o portão principal com alguma dificuldade, devido à minha cadeira de rodas e o entulho disposto à entrada, caminhamos um pouco até que por fim decidimos parar na margem esquerda do pequeno lago artificial, no sentido de quem entra pelo estacionamento rotativo, ali pela avenida principal. é um dia ensolarado e relativamente quente. por isso não é de se admirar que um velho empurrando um carrinho de picolé se aproximasse do lado ocidental do lago artificial, à sombra de um grande pé de jacarandá. quatro crianças, até então invisíveis aos meus olhos, correm em sua direção. é meu avô quem chega, não é lázara, diz-me se não é aquela que agora corre, senão é aquela criança descalça, aquela que tem tanta pressa, eu mesmo indo de encontro a ele que chega! diz-me! ela não diz nada. ela não entende. apenas olha para a bolsinha a tiracolo, na qual, eu sei, ela guardou os meus medicamentos. não é febre, não, mana lázara, eu sorrio dum jeito amargurado, não é febre, não… temendo que decidisse voltar, estragando o passeio, fiquei o mais silencioso que pude.

    que tal comprarmos um picolé, diz *lǎo* wáng abruptamente.

    ele se levanta, acompanhado por uma mana lázara radiante, os cabelos soltos ao vento. a afetação lh'emprestava a aparência sumarenta da mocidade. naquela tarde, lázara-carmelita não era mais noturna e terrestre, mas uma outra e ensolarada. envergonhei-me. com ruge, base e sombra, podes tu te reinventar; porém, detém-te e olhas o enrugado de tuas mãos, a gritante incoerência. não percebeu ainda, amada, que teu tempo já se adianta? mana lázara, tu tens agora quase o dobro de minha idade, e quase o triplo da idade de *lǎo* wáng. risos se farão na boca de todos, se todos suspeitarem dessa invencionice parvalhona que trazes em teu coração. todos se dizem "moderninhos", mas só quando consigo; aos outros, permanece sempre o mais estridente do riso. eles rirão de ti, mana lázara. digo-o não para que te magoes. ao contrário. te amargas se riem todos quando pensam desta invencionice que traz junto de ti, colada ao peito. mas isso será só um tempo, tu dirias, como a propósito de outras tantas vezes quando te falam da dificuldade da vida em geral (a inflação, as taxas elevadas de juros, a fatura do cartão de créditos para pagar no fim do mês, a pandemia da qual recentemente saímos; aliás, eu que contraí o COVID, a ele sobrevivi só para em seguida sucumbir a mim mesmo. pasmo!), e das dificuldades da vida quando, em sendo mulher, se te chega certa idade. logo esquecem, tu prosseguiria, quando acharem outra pr'amolar. agora te vejo tão mudada, que nem sei se de fato essas palavras de antes te viriam à boca, nesta tarde, se, assim, eu acautelasse-te.

fiquei a esperar, quando sem aviso uma mendiga passou por ali perto, no estreito do caminho. não deveria haver nada de tão extraordinário aí, uma vez que pelo parque municipal transitam todo tipo de gente: ativistas sociais com cortes de cabelo esquisitos, casaizinhos fazendo ensaios fotográficos, solteirões passeando com seus pets, um povo de nariz em pé que sempre anda em bandos e grita por cima até ficarem vermelhos (lembro-me inclusive, não qu'isso seja relevante, só que me veio à mente de repente, lembro-me de que uma vez perguntei sobre AQUELE a eles; simplesmente me entregaram um panfleto cheio de asneiras e um envelope para pôr dinheiro), havia também muitos vagabundos e drogados, e uma forte mendicância (pergunto-me s'esse povo de nariz em pé são algum tipo ou classe diferente de mendigos ou vagabundos). mas isso tudo durante o dia, na noite, os caminhos do parque eram dominados por garotos de programa, mas isso foi antes da onda de furtos que assola a cidade desde que o novo prefeito assumiu o cargo. até ond'eu sei, eu num tô sabendo, não, respondeu ele ao repórter, quando indagado sobre. o acontecimento, entretanto, sobre o qual efetivamente repousa nosso interesse é qu'eu havia encontrado essa mendiga em outra ocasião, daí meu interesse; a primeira fora quando nós dois (eu e o *lǎo* wáng, pois mana lázara estava ocupada naquele dia) viemos aqui duas semanas atrás. não havia muita gente, pois foi numa quarta-feira, a maioria das pessoas estava trabalhando ou estudando nas universidades. de forma que não havia quase ninguém que se escandalizasse quando esta velha senhora, praticamente toda despida, resolveu tomar um banho na beira do lago artificial, defronte onde estávamos sentados, na ocasião (aliás o mesmo lugar em que descansamos agora). um pequeno grupo de vagabundos que passava por ali parecia não s'incomodar com a cena, que (aparentemente) lhes era já tão familiar. em verdade, achavam graça vê-la conversar com um ou outro marreco que atravessava o lago artificial. por vezes, com tons de deboche soltavam um ou outro galanteio a despeito de sua forma decrépita. ela ralhava contra eles, a voz rouquenha a plenos pulmões. eles riam. após terminar de se refrescar no lago artificial, ela recolheu suas roupas, e resmungando consigo mesma pôs-se a vestir os trapos imundos, sem que desse conta de qu'eu a espiava em seu curioso ritual. ou, talvez, fingisse, como logo me pareceria depois. uma vez vestida, ela seguiu seu caminho, desaparecendo entre as folhagens do parque municipal.

    logo esqueci o ocorrido, pois *lǎo* wáng havia me convidado para fazer um passeio pelo lago, naqueles barquinhos coloridos. normalmente há uma fila infindável de casais durante os finais de semana, mas como era quarta-feira não havia fila, e ele se sentiu animado. disse-me que gostava de fazer esses passeios de barco quando vinha caminhar por aqui, mas sempre fizera o percurso sozinho. e que achava interessante desta vez fazê-lo com uma "companhia agradável", assim dissera.

    um velho muito alto, de rosto chupado, castigado pelas intempéries do tempo ao qual o ofício o submetia, guardava a entrada. ele tinha uns olhos injetados e uma barba e cabeleira muito brancas e ressequidas. as pontas dos fios espessos que emolduravam suas bochechas magras eram amareladas, como se queimadas pelo sol. apesar da aparência apática falava muito, ainda que de um jeito mecânico, coisas automáticas e sem sentido, tais como "o senhor parece tão cheio de vida", "os senhores formam um casal tão bonito!", "que belo dia para um passeio". parecia uma grande boneca falastrona (uma boneca feia e decrépita, diga-se) que viera com um número limitado de frases de efeito baratas, e que as reproduzia ao mero acaso. achei bizarro. wáng parecia tão desconfortável quanto eu diante dos gestos invasivos do velho. além disso, aparentava estar doente, pois de vez em quando tossia, revelando a língua saburrosa. quiçá, pensei, não dure quando o período chuvoso chegar. essa possibilidade me despertou uma sensação inquietante. quando, ao fim de um minuto, descobri que o que me agitava era uma profunda sensação de alívio diante do óbito do velho, senti-me demasiado cruel, sacudi-me como se assim pudesse dissipar o mal estar desta ideia. lǎo wáng apressou-se em lhe entregar os ingressos. um sorriso se formou em seus lábios descarnados, enrugando sua face ossuda, o que lhe deu um aspecto ainda mais medonho, cadavérico. essa daí não, meu jovem; a outra, diz ele indicando a wáng o barquinho a direita, a outra é melhor. essa daí é muito lenta. preciso mandar para o conserto. os pedais estão duros há tempos! não seria o caso de lubrificar, perguntei-lhe, aborrecido. o velho tornou a sorrir, desta vez de um jeito misericordioso, como se se dirigisse a uma criança, o que me irritou. já fiz isso, mas não resolveu. de qualquer forma a outra é mais confortável. o senhor ficará mais à vontade com seu garoto.

apesar de querer me livrar daquele velho de sorriso amarelado, não posso negar que fiquei receoso de subir na embarcação. qualquer um (talvez, tu que me lês) julgará que com razão, uma vez que a barquinha era estreita e mal se equilibrava sobre as águas. e no estado em que me encontrava, sem conseguir mover minhas pernas, o qu'eu faria se eventualmente caísse no lago artificial? se bem que vestem coletes nos clientes antes de os despacharem para o passeio, por isso não há de fato risco de afogamento, mas, sem dúvidas, há o constrangimento de m'estabanar n'água. sem falar da fúria de lázara se algo assim se lhe chega aos ouvidos! ela certamente condenará wáng. não permitirá mais qu'ele me veja e comigo passeie. e se julgar tudo isso por lhe parecer demasiado óbvio, aind'assim terá julgado muito mal, pois meu medo é muito mais irracional e de origem obtusa: a expectativa, embora inconsciente, de que algo inexplicável se sucedesse. quando entrei na pequena embarcação, estremeci com a mesma sensação que me invadiu quando me dei conta de que estava na altura do terceiro andar, pronto a cair no precipício. senti-me tomado por essa mesma vertigem, e tive certeza que não deslizava sobre a superfície vítrea do lago artificial, mas sobre o abismo. o próprio som das águas desaparecera, mergulhando o mundo em minha volta no mais absoluto silêncio. lǎo wáng, o parque municipal, tudo que até então era tão palpável parecia coisa de antes, muito distante, naquela tarde. atendendo àquela expectativa desagradável, lá estava eu de volta ao meu quarto. o abismo-janela bem diante de mim. soube que a qualquer momento cairia.

não precisa ter medo, diz wáng. sem perceber eu me agarrava com firmeza ao seu braço. devo ter enrubescido, pois ele riu. não me atrevi a dizer coisa alguma, apenas fingi não ter percebido que inconscientemente me agarrei a ele. poder tocá-lo intimamente me pareceu reconfortante. senti um calor em meu rosto (e esta lembrança me traz a certeza de ter ficado de fato vermelho). ocorreu-me a loucura de confessar-lhe outra vez amor, de lhe dizer que ainda era homem, e, tomando sua mão, a levasse até meu júnior. sentisse o semi-duro entre minhas pernas. ainda posso te amar, lǎo wáng, 我还能爱你, 老王, ainda posso te amar como qualquer outro homem te amaria. porém, contra esse pensamento, o meu gesto foi o de levar minha outra mão discretamente aos meus meios, para não perceber o volume que aos poucos foi se formando ali só porque lhe tocava. desistido, repousei a cabeça em seu ombro. por que, lǎo wáng, me rejeitaste aquele dia? por quê? 为是吗? 为是吗?!

  de volta ao lago artificial, percebi, olhando mais de perto agora, como a água era imunda: uma variedade de pequenos objetos de plástico boiava na superfície. coisas descartadas durante a travessia por aqueles que vieram antes de nós, pequenas lembranças, souvenirs sem importância de sua breve estadia no parque municipal: palitos de pirulito, tampinhas de garrafa, saquinhos de dindim e picolé. deveria eu também contribuir com meu óbolo e deixar algo para trás? que pergunta mais idiota! seria uma tremenda falta d'educação da minha parte. onde estava minha cabeça para pensar tamanho disparate? ademais, como poderia ser possível se nada trouxera comigo quando entrei no barquinho. como se para me certificar enfiei uma das mãos no bolso da calça. meus dedos comprimem seu fundo, fazendo o tecido deslizar sobre a carne de minha coxa, sem qu'eu pudesse senti-lo. sentia-me tão NADA, tão cheio de NADA, ao ponto de duvidar da minha própria existência. porém, este pensamento me atravessou como um lampejo. tirei a mão do bolso. confirmei que NADA havia para deixar. por outro lado seria bom se fosse lícito descartar ali o NADA que comigo trouxera.

  as águas esverdeadas do lago artificial rutilavam a luz do sol, dando à sua superfície vítrea um brilho esmeraldino. o passeio durou uns vinte minutos. incomodava-me com a ideia de rever o velho de feições cadavéricas nos esperando com o mesmíssimo sorriso forçado, estático, bizarro. mas para minha surpresa e alívio ele não estava mais lá quando regressamos. acho qu'ele deve ter ido num desses banheiros químicos, comentou lǎo wáng. podemos esperar um pouco e ver se ele volta logo. qualquer coisa, acho que não haverá problemas se irmos embora, afinal já pagamos pelo passeio. concordei. enquanto wáng me descia do pequeno barco para me colocar na cadeira de rodas, deparei-me com um vulto que se aproximou sem que déssemos conta de sua chegada. era a mesma mendiga d'antes. m'encarava com uns olhos vidrados, um sorriso largo estampado na cara. seu menino, o sinhô tem um zóio engraçado, disse. um é verde; o outro, é meio avermelhado. engraçado. ora se num é! e riu-se com gosto. e depois, virando-se pra wáng, disse: o namorado do sinhô é um moço bonito, mas é meio acanhado, né não?! somos só amigos, apressei-me em dizer. amigos, ela repetiu como s'estivesse um pouco desapontada. entendi.

pelos céus, pensei, *hoje em dia até as mendigas do parque municipal são fanficqueiras de* BL*! quando cessa isso de mulheres fetichizarem relações homoafetivas masculinas?! shippam todo mundo e qualquer um! por isso é qu'eu fico quieto no meu canto e num dig'é nada. e digo: "somos só amigos"*.

será que o moço bonito aí pode nos dar licença. eu quero falar um instantinho com o sinhô aqui. wáng olha desconfiado, mas nos dá um pouco de distância. ainda está perto!, ela reclama. encabulado, ele se afasta um pouco mais, mas não muito. sabe, é que hoje está tão quente sinhô, que mais cedo eu resolvi tomar um banho e aí fui tomar, aqui mesmo no lago. foi aí que percebi qu'ela tinha ciência de qu'eu havia a observado. eu tomava meu banho tranquilamente por ali, diz apontando para um outro extremo da margem do lago artificial, e esses outros pedintes vieram frescar da minha cara. eles sempre tiram sarro d'eu. uma vez até levaram a minha roupa, acredita? um absurdo! será que o sinhô pode me dar uma ajudinha? é que preciso me esconder. o sinhô, num teria algum disfarce aí, não?! quem sabe assim eles me deixam de mão.

e foi assim que recebi a incumbência de fazer as máscaras com os recortes de papel. ela disse que queria quatro, coisa simples, mas tinha de ser uma máscara de corvo, uma de águia, uma de pavão e outra de leão e qu'eu poderia pintá-las como achasse melhor, mas deveria ser eu a fazê-las. não lhe questionei o porquê disso, apenas assenti solenemente com a cabeça. tínhamos um trato.

ficou faltando uma. é que acabou minha guache, menti. trago depois. na próxima semana, pode ser?

sem problemas!

ela s'espicha pra pegar as máscaras. suas mãos tocam as minhas. o seu tocar é muito diferente do daquele de mana lázara e de lăo wáng; não sinto náusea ou qualquer outro tipo de desconforto, por mínimo que seja; ao contrário, sinto-me bem comigo mesmo, sinto empatia até, pois ao seu modo, ela se mostra exatamente como eu: uma morta que ainda vive. também é verdade que há uma diferença fundamental entre nós: ela vive uma morte-em-vida, eu vivo uma vida-em-morte. e aí estão postas semelhança e diferença à maneira dos espelhos, pela qual o que se vê é o mesmo e aind'assim não.

outras figuras passam, aproximam-se. um senhor com sua filha senta-se num banco. sei que são pai e filha porqu'eu os conheço do hospital municipal de urgência; a moçoila (creio que se chamasse luzia mancini) chegou logo depois do anúncio de minha ressurreição, no dia seguinte bem cedo pela manhã; o sol nem havia nascido direito. magrela, morena, pálida, de olhos espantados e olheiras profundas, s'encontrava fragilíssima. o pai (est'eu tenho certeza que se chamava tommaso macini) reclamava ao médico qu'ela simplesmente tinha um pavor exacerbado quando se via próxima da hora de dormir, e consumida por uma inexplicável angústia fazia de tudo para não pegar no sono. no dia em que a internaram, havia tomado tanto café e energéticos para se manter acordada que teve um princípio de infarto devido à alta dose de cafeína e o estado debilitado decorrente das noites em claro. levaram-na ao hospital, às pressas.

... somnifobia, explicava-lh'eu, certa vez, acho que foi'sso que o médico disse que a senhorita tem. medo de dormir...

medo de dormir?, questionou enérgica, com um leve sorriso de raiva no canto da boca. medo de dormir?! esse médico não sabe é de porra nenhuma! não tenho medo de dormir, tenho é medo de morrer!..., e chegando neste ponto sua voz era um quase sussurro, medo d-d-de morrer... enquanto d-d-d-durmo...

encarei-a com legítima curiosidade, despido de qualquer preconceito. julgo por isso ter me respondido com tamanha sinceridade.

por que, indaguei-lhe, você acha que morrerá se dormir?

sem pestanejar, recitou para mim, em cerimoniosa resposta, estes versos, os quais logo reconheci como sendo de autoria de Torquato Tasso; um trecho do "Canto IX", de seu épico *Gerusalemme Liberata*, que passo a transcrever abaixo:

> *Tosto s'opprime chi di sonno è carco:*
> *Chè dal sonno alla morte è un picciol varco.*

por este ato de sincera dúvida, e deliberada resposta, tornei-me seu confidente.

vez ou outra, davam-lhe pequeníssimas doses de sedativos para que pudesse dormir. nessas horas ela gritava, contorcia-se. duas enfermeiras e seu pai, um senhor de idade avançada, precisavam contê-la para que o médico lhe aplicasse a medicação. aconteceu, porém, de certa noite, tendo os efeitos do sedativo acabado, dela acordar no meio da madrugada. gritava. porém onde? debaixo da cama. agachei-me, sem me levantar. dois olhos me fitavam no escuro, com apreensão. perguntei-lhe o porquê do escândalo e o que diabos fazia ali embaixo. de fininho, abandonou a treva e se sentou à beirada da cama. resignou-se. aos poucos falou-me de certo homem que se lhe aparecera:

ele veio em outra noite também..., dizia entrecortada, veio como um ladrão, porque silencioso... mas sua dignidade não era em nada coisa que se assemelhasse à aparência dum ladrão... aind'assim me deu medo... muito medo... na primeira vez que veio eu ainda dormia por causa dos remédios que me deram... quando sobressaltei-me por causa dum som agudo... no começo não sabia precisar donde vinha... mas parecia com o som d'algum tipo de pássaro... tipo um piado, sabe... no começo achei que havia sonhado, porque pássaros não cantam àquela hora da noite... mas meus olhos estavam suficientemente arregalados quando ouvi o som pela segunda vez... foi bem alto e nítido... mas acredito que o senhor não tenha ouvido... porque permaneceu dormindo... por fim, notei que não era um pássaro... mas alguém que, parado ao pé da cama, assobiava... meu sangue gelou nessa... pois não recebemos visitas a noite... e claramente não era um funcionário, uma vez que não usava roupa hospitalar... fiquei profundamente atordoada... naquela ocasião perguntei quem era... "o SEM-NOME", ele respondeu e... o senhor conhece ele?!, brada jogando o corpo para frente, tomada por uma súbita euforia. sua testa quase bate na minha.

não, não conheço.

seu desapontamento é visível, quando me olha num misto de frustração e desconfiança. por um segundo ela ameaça se fechar, porém, impelida por algo que não sei explicar, continuou: pois bem... pois muito que bem... seja como for, hoje ESSE, o SEM-NOME, veio novamente... ele falava uma fala baixa... quase qu'eu não escutava... ele chamava por alguém... não sei se por mim ou pelo senhor, já qu'estava parado entre nós dois... só entendi qu'ele dizia "vem"...

e o rosto? apressei-me em lhe perguntar, inclinando-me em sua direção, o rosto dele como era?!

o rosto?, ela repete com uma voz ébria, hummm... como era mesmo o rosto dele? vejamos...; e chegando neste ponto parou pensativa, balançando as pernas de um jeito débil, infantil, como se brincasse numa cadeirinha de balanço. por um longo momento fitou o teto, enquanto coçava, com o dedo indicador, a bochecha direita; depois de profunda meditação, sem me olhar, respondeu: o rosto... o rosto é *mysterium tremendum et fascinans*!

... delírios não são incomuns, explicava o médico ao pai da moça quando soube dessa mesma história, nestes tipos de casos, prosseguia ele, nos quais a mente do paciente há muito debilitada pelas longas noites em claro se vê acometida por todo tipo de alucinações. às vezes pode acontecer de já muito acostumado com a vigília, ao adormecer não saiba mais separar, até por conta do cansaço, a realidade do sonho.

apesar de termos conversado e mesmo após o médico e o pai terem explicado seu estado clínico, a fim de dissuadi-la quanto à natureza de seu alegado delírio, luzia mancini continuava com medo do homem que vinha lhe visitar (tal fato me levou, por um instante, a cogitar que esta fosse a real motivação para sua birra de não querer adormecer, contudo não me atrevia a lhe indagar a despeito de minha suspeita) e na noite seguinte...

ahhhhhhhhhhhh!!

amedrontada, encolhia-se debaixo das cobertas, apontando com um dedo trêmulo em direção às minhas costas. virei-me. a janela de vidro polido estava aberta. a aragem da noite entrava por ela, inflando delicadamente a cortina, como sugerindo que alguém estivera ali, há pouco. mas fora esta evidência não havia sinal algum de vida lá fora, o mundo inteiro dormia; salvo que, tremeluzindo, recortada contra a luz pálida da lua, a silhueta de um solitário passarito rasgando o silêncio da noite com voo rasante e estridente enchia minha vista. foi neste momento que a porta do leito abriu-se atrás de nós, com um solavanco. uma mulher magrela e espichada, meio dentuça, meio sardenta, se embarafustou, atônita.

a senhorita está tentando fugir novamente?!, exasperou-se a enfermeira ao se deparar com a janela aberta. ora, se tentar sair pela janela receio que não tenha a mesma sorte que seu colega aí. ele escapou por um triz.

a moça fez menção de protestar, porém a interrompi:

eu vi um homem, disse abruptamente, em resposta, para a enfermeira. ele entrou e saiu pela janela quase d'agora.

ela me fuzilou com o olhar.

o senhor também não! sei o que está tentando fazer, mas não ganhará nada dando corda às fabulações dela. estamos no segundo piso, para alguém entrar e sair pela janela e não se quebrar lá embaixo, só tendo asas!

o olhar da garota e o meu acompanharam a enfermeira, enquanto ela, ainda retrucando, fechava a janela. onde há pouco vi um passarito cruzar a noite, apenas havia silêncio e treva transbordantes de luar. a enfermeira permaneceu no quarto até que minha companheira de leito finalmente tornasse a dormir profundamente. após sua saída, não demorou muito para eu mesmo adormecer. naquela noite, eu sonhei que uma ave bicava meu peito.

mesmo agora, enquanto passeia no parque, ela parece cansada. os olhos vidrados, nem sequer se movem. continua disposta a não dormir. vamos, luzia, disse o pai da moça de repente, levantando-se do banco; mas como ela não respondia, repetiu-o de forma mais incisiva, puxando-lhe pelo braço; parecia temer alguma cena da filha. o homem estremeceu. o braço da garota permanecia parado. mais qu'isso: duro. de uma dureza fria. e ali ela permaneceu assustadoramente imóvel como uma grande estátua de cera, por cerca de uma hora, com os olhos arregalados e vítreos. já havia se formado uma multidão de curiosos em redor dela quando, por fim, os paramédicos a recolheram para levá-la ao IML.

REMINISCÊNCIA VII
A CARPIDEIRA QUE RI

se foi coincidência ou não, pouco importa, este ponto não é relevante; mas o fato desta narrativa ganhar novos contornos, quando descobri, por esses dias, ao passear pela avenida principal com wáng zhìmíng, na altura de um trecho não muito movimentado, a existência duma funerária. parecia funcionar ali há um considerável tempo. o fato despertou em mim surpresa, pois ficava na rota qu'eu costumeiramente tomava para chegar ao centro administrativo municipal, onde trabalho (ou trabalhava, pelo menos), mas curiosamente nunca reparei naquele prédio quase de esquina. talvez porque minúsculo, torto e escuro, se perdesse na grandiloquência da cidade, porque sua arquitetura não fosse arquitetura diante da modernidade do vidro e do aço e do mármore, do estilo minimalista, futurista, à sua volta. isto tudo porque uns colegas de repartição (aqueles do grupo dos bajuladores) vinham caminhando de forma distraída em sentido contrário ao nosso. sem pensar duas vezes pedi a wáng zhìmíng que entrássemos no local, ele titubeou um pouco sem compreender o motivo deste meu gesto que se lhe parecia, por certo, aleatório; mas, no fim, contrariado, apenas empurrou minha cadeira de rodas pela rampa que dava acesso ao interior da loja. aqueles urubus nunca vieram me visitar, desde minha alta no hospital, porém posso imaginar todos os burburinhos que sucederam ao episódio de minha queda até meu despertar no hospital municipal de urgência. encontrá-los à volta por aí com wáng zhìmíng seria motivo para um mais novo falatório, já podia até imaginar...

... sabem da nova? pedro diz que está de cadeira de rodas, mas anda por aí pegando todos...

... como? ...

... hein? ...

... isso mesmo que ouviram, anda dando por aí para um gringo dos olhos puxados...

... aquele sonso! aposto que fingiu aquilo tudo de morte e ressurreição só pra ficar por aí de amassos com o boy novo...

... sem dúvidas deve ter dinheiro...

... mas era um novinho...

... aaaah! então é gigolô, sem dúvidas...

ah, isso não! eu não darei esse gosto aos infelizes! jamais! eles passaram pela loja aparentemente sem nos notar. esperei um pouco mais para ter certeza que de fato não deram por mim e seguiram seu caminho. ainda encolhidos na sombra do saguão, zhìmíng e eu permanecemos parados, ele ainda sem entender, olhando, quando um senhor de rosto pontudo e pálido, tão pálido que a pele parecia levemente translúcida, revelando finas linhas roxas e esverdeadas, despontou pela treva do corredor às nossas costas. os olhos azuis semicerrados, em virtude de umas pálpebras desabadas, piscaram forçosamente por detrás duns oclinhos tortos de titânio ao se deparar com nós dois imóveis.

ora, que estão fazendo aí parados?, disse-nos como se falasse a algum conhecido. não se acanhem. podem entrar!

wáng zhìmín fez menção de protestar, ao que lhe belisquei a coxa, silenciando-o com a dor. como suspeitado, os fuxiqueiros ainda andavam por lá fora, haviam parado para comprar saquinhos de pipoca de um vendedor ambulante.

sou o fabricante de caixões, apresentou-se ao cruzarmos o saguão de entrada rumo a um corredor parcamente iluminado, pelo qual seguimos até sair em uma salinha cuidadosamente mobiliada.

ainda há fabricantes de caixões de defuntos nos dias de hoje?, exclamei. é sério isso? pensei que tudo fosse industrializado!

o senhor ficaria besta se soubesse o quanto as pessoas pagam por exclusividade. hoje em dia, os produtos personalizados estão em alta no mercado, inclusive no ramo das funerárias. as pessoas (sobretudo, as com algum dinheirinho) estão dispostas a pagar para terem um caixão único, que transmita a personalidade e a vida de seus entes queridos...

único? eu diria mórbido, murmurou wáng zhìmín.

... nós fazemos entregas para todo o território nacional; então, em que poderia ajudar este jovem casal?

para ser sincero, comentei, gostei dessa coisa de caixão. acho que vou encomendar um!

wáng zhìmín parou abruptamente.

e para quem isso, se ninguém morreu?! ora, nem brinque com esse tipo de coisa! falando assim até parece que vai morrer logo. não está planejando fazer alguma besteira? está?!

não sei a que se refere. já te disse que aquilo não tinha nada a ver; foi um acidente. as pessoas é que têm língua ferina. como ia dizendo, caro sr. fabricante de caixões, gostaria de encomendar um caixão.

ótimo. temos um catálogo com todos os tipos de madeira, cores, tecido, diferentes tipos de estofamento, e um desenhista para os detalhes particulares que o senhor gostaria de acrescentar ao projeto.

perfeito!

vencido, wáng zhìmín fechou a cara.

não o culpe, disse o fabricante de caixões. a maioria só planeja o funeral no mais tardar da vida, quando não se há mais tempo, nem fôlego para tal. confesso, dá gosto ver quem elabora desde cedo seu próprio funeral e de forma tão personalíssima, como se faria a qualquer outra grande cerimônia em nossa vida.

o velho senhor me entregou vários catálogos, trouxe amostras de tecidos e madeiras e um formulário a ser preenchido com as indicações para a fabricação do ataúde. como não queria nenhum detalhe extravagante não houve necessidade de chamar o desenhista. então, dez minutos depois entreguei o formulário preenchido. o velho fabricante de caixões de defunto se deteve por um momento verificando o formulário, para se certificar de que todos os campos da ficha haviam sido devidamente preenchidos por mim.

tem certeza qu'é este mesmo o tamanho correto?, perguntou o velho, erguendo os óculos com a ponta do dedo.

sim.

se me permite, o caixão é muito pequeno. mais adequado a uma defunta, que ao senhor.

estou lhe dizendo, este é o tamanho correto. não há equívoco de minha parte.

se o senhor insiste. o importante é ser do agrado do senhor, pois será seu leito até o dia glorioso da ressurreição da carne!

não pude deixar de achar graça, pois para mim quaisquer promessas de ressurreição careceriam de uma legitimidade pactual, uma vez qu'eu que nada fiz de tão extraordinário (para o bem ou para o mal) e tão pouco aceitei alguma promessa e muito menos dei alguma contrapartida a ela, fui contemplado com uma segunda vida. se posta em termos de glória o riso se faz ainda maior, pois que maravilha é essa que me deram? vaziez de sentido e impossibilidade de determinar uma direção.

ainda me parece agourento, retrucava wáng zhìmín. encomendar um caixão para si ainda em vida. muito agourento... só tu mesmo, pedro, pra fazer um negócio desses!

eu, morto-vivo, o que temeria da morte, caro leitor, para me preocupar com qualquer coisa que se assemelhe ao agouro? seria natural que para mim o horror da extinção fosse destituído de quaisquer sentidos. como se fosse assim tão simples! este sentir é coisa qu'em mim se faz ambivalente. por isso qualquer parte *demim* titubeia face a esta ideia lançada pelo outro, qualquer coisa em mim me assalta como uma sensação de autodesprezo, seguida de uma patética autopiedade: ai, *demim*! ai, zhìmín! torço o nariz. o que sinto agora é raiva, porém de quem não está claro.

nem tanto, diz o velho subitamente. sabe, senhor, na outra sala, aqui ao lado, há uma jovem senhora igualzinha ao seu amigo neste aspecto; só que ela, digamos, é um pouco mais radical... hehehe...

hein?!

o velho fabricante de caixões sorriu.

wáng zhìmín dirigiu-se ao caixa para efetuar o pagamento e pegar a nota fiscal. enquanto isso, eu, atiçado pelo comentário do velho senhor, fui arrastando minha cadeira de rodas até a sala ao lado, para ver essa fulana "mais radical" qu'eu. o velho fabricante de caixões apresentou-nos partindo do qu'ele alegava ser nossa motivação comum (a compra de um caixão para si), mas novamente frisando o quanto ela era movida por um ímpeto mais decisivo.

sempre gostei de velórios, comentou ela displicentemente, de caixões, de enterro, sabe... de ficar só de longe olhando os que se foram...

desculpe a indelicadeza, mas só quero tentar compreender. a senhora sofreu algum abuso na infância? seus pais...

que boca suja! a razão pra eu ser assim em nada tem a ver com qualquer trauma de infância, meu caro sr. espertalhão freudiano. também não há justificativa razoável para isso, se é o que quer de fato saber. simplesmente SOU O QUE SOU! a lembrança mais antiga que tenho (não necessariamente a primeira, mas a qual me vem agora e me parece a mais marcante e é justamente daí que deriva sua antiguidade) é ainda da minha infância. lembro-me de passar por uma travessa, enquanto voltava da escola, e ver toda uma movimentação na rua próxima. uma gente toda agitada estava à porta de uma casa dois quarteirões antes da minha. fiquei maravilhada com aquilo. as pessoas se aproximavam, abraçavam o morto por um longo momento e depois se despediam beijando as solas do sapato do finado. e este detalhe particularmente me deixou muitíssimo intrigada. é costume nessas bandas, explicou um senhor de bigodeira farta, ao notar minha curiosidade. *por quê?*, perguntei-lhe. *para que o morto não leve um vivo consigo. as pessoas se despedem não apenas dele, mas de sua própria morte ao fazerem isso.* não sei se depois ou antes disso passei a tomar gosto por velórios. de me achegar como quem não quer nada, apenas para ficar, num canto, olhando ali o rosto de um completo desconhecido que acabara de morrer. eu contemplava os mortos como soem ser os parentes e amigos mais fiéis e digníssimos. fazendo esta comparação, lembro-me que já crescida, lá por volta dos meus dezenove anos, fui enxotada da casa de um policial a vassouradas, porque a mulher do defunto (pasme!) achou qu'eu fosse sua amante. como seria amante? verdade qu'eu beijo dos mortos os pés, as mãos, a cabeça... a boca não! quem já viu amante que não beija a boca?! mulher maluca! o fato é que me senti muito mal por isso depois; se tivesse sido um tanto discreta, poderia ter beijado as solas dos sapatos do marido da viúva. talvez, a morte daquele homem ainda ande atrás de mim... quem sabe? isto é bem provável. minha mãe dizia que, no começo, não se importava, mas depois que se iniciou aquele falatório todo na vizinhança, ela passou a ficar preocupada. *menina, a quem tu puxou pra ser assim?*, dizia desgostosa. *mãe, não puxei isso de ninguém, não! sou eu que sou assim mesma. é minha esta vontade que tenho de chegar à porta e olhar, de longe. é minha e de ninguém mais esta vontade, mãezinha! e se me chamam eu vou, aproximo-me, beijo a testa do finado como todos fazem. e porque fazem. só sendo assim me sei plena, tão cheia de mim mesma, e isso não seria bom? basta! basta de besteiras!* com o tempo, as pessoas do bairro grosseiramente começaram a fechar a porta e as janelas na minha cara, quando me aproximava para expiar (isso tudo, obviamente a mando de minha mãe ou assim eu suspeitava). então me ocorreu pegar um ônibus e ir a outro bairro próximo, em que ninguém me conhecesse. e assim permaneci, por longo tempo, feliz. logo depois, minha mãe descobriu minhas escapadas. daí em diante fiquei proibida de sair sozinha. às vezes, se chegava notícia de morte, uma ansiedade terrível me consumia por dentro, por não poder ir ver o morto. por certo, vivo a criatura não me despertava o menor interesse, depois de fazer a passagem se tornava objeto de um desesperado interesse. e foi a partir daí que comecei a divagar. exagerar dor, ansiedade e alegria sempre será uma tendência das pessoas, em geral, acredito; fazendo, com o uso da imaginação, de pequenas coisas verdadeiros transbordamentos, a fim de que a passagem do tempo diante do vazio lhe seja minimamente suportável. por isso, não raro me pegava imaginando a tarde ou a manhã quase inteira o velório d'algum vizinho qualquer ou dum parente próximo. perdi a quantidade de vezes que matei minha avozinha. a cada novo velório a morte se fazia em razão d'outra causa, desde a velhice a um atropelamento, o caixão também era diferente, e o elogio fúnebre; esse último eu alterava apenas num ou n'outro ponto, mas em geral a essência era mesma, não havia muitas coisas para dizer a respeito de minha vozinha... é claro qu'eu não me sentia culpada antes; a culpa é coisa que não cabe na cabeça de criança, embora seja demasiado narcisista, como aliás toda criança o é! tampouco me sinto agora, já que é coisa de muito antes, uma meninice inofensiva... aliás, quando minha avó morreu isto me foi motivo de grande comemoração, pois minha mãe não poderia impedir a filha de ir ao velório da própria avó. absurdo não seria?! assim, eu mesma a despi, a limpei, a vesti novamente com uma roupa muitíssimo branca, e a maquiei com labor e dedicação. ó, vozinha, dizia-lhe eu, em voz baixa, *como a morte te cai bem!* dois anos depois passei em direito. fui embora de minha cidade. vim morar aqui. apaixonei-me. casei-me. tive dois filhos. gêmeos. tranquei o bacharelado. nunca o retomei. a vida passava e a contemplação dos mortos devorava quase todo o meu tempo. embora meu marido trabalhasse, não era suficiente para pôr comida na mesa, pagar aluguel, conta d'água e de luz e a escola dos meninos. foi quando resolvi fazer do hobby minha profissão; aí virei carpideira. jamais pensei que pagassem tão bem a este tipo de profissão que muitos me diziam "obsoleta". no começo eu que ficava maravilhada com o luto, assustei-me que me quisessem pagar para chorar. mas com o tempo aprendi, a muito contragosto, aquele teatro. hoje quase todo meu guarda-roupa é preto! com o tempo, cansei de ficar observando os cortejos fúnebres. quando disse isso lá em casa, meus filhos pareceram se alegrar. confesso que fiquei incomodada com isso… um tanto desapontada, sabe? eles não compreendiam a minha dor. a vida de repente parecia vazia… sem propósito… meu marido, por outro lado, permaneceu em silêncio, olhando-me atentamente. continuei. só acompanhar o cortejo não era suficiente. em vez disso gostaria de ter meu próprio cortejo. quero ter as solas de minhas botas beijadas pelas pessoas. quero vê-las se abraçarem com afeto profundo ao se lembrarem de mim, ali deitada há alguns passos, no caixão. ser velada… não acham muito mais excitante do que velar? só de pensar nisso… aaaaah, fico toda arrepiada… um dos meus filhos se levantou gritando que não tinha mais mãe; o outro ficou calado, fingindo que nada ouvira. mesmo assim me decidi por estar hoje na funerária onde trabalho encomendando meu caixão, pois meu marido me falou qu'eu devia, antes de qualquer coisa, eu devia fazer o que gosto. el'explicou que as crianças de hoje estão muito habituadas a terem seus hábitos condicionados por toda essa efervescência das redes sociais, e não sabem mais o que é singularidade. acho que foi isso que ele disse, "singularidade"… ainda estou um pouco triste… seja como for, o problema mesmo foram os proprietários da funerária. eles também são donos de um cemitério particular. tem uma capela bonita lá. então resolvi pedir a colaboração dos patrões... eles não aceitaram de primeira, nem sei por quê? até sugeri que descontasse o meu salário! acabou que os venci pelo cansaço.

* * *

quando mana lázara me tocou a mim, havia nela indiferença; em mim, um tênue equilíbrio entre o horror e o fascínio. já na feliz carpideira há um absoluto desequilíbrio entre um sentimento pavoroso e transtornador e o estado de maravilhamento. quer dizer, nela, a noção de maravilha consumira completamente toda concepção de horror. mana lázara e ela são dois extremos que não concebo em minha razão. duas lentes opacas com as quais injustificadamente tento ler o mundo. não as concebo como são, mas concebo a violência deste meu pensamento!

isso tudo se deu numa quarta-feira; três dias depois, num sábado bastante movimentado, pela manhã, fomos ao seu funeral. tal como em suas saudosas recordações de infância, ela foi velada e, antes de fecharem a tampa do ataúde, fez-se fila a fim de que os convidados beijassem as solas das botas daquela (que poderíamos chamar) "singular" finada. mana lázara, com ares de inabalável dignidade, negou-se ao "ridículo", conforme dissera ao deixar o local. não a julgue tão amarga, querido leitor. menos condescendente ela era com aqueles que num canto davam risadinhas abafadas, de quando em quando os fuzilando com o olhar. por isso, seu desconforto (ou assim me parece) vinha de uma certa empatia pela não-morta. terminado o cortejo, ao abrirem o caixão, ao pé da cova (destinada a uma outra, obviamente, que se sepultaria no dia seguinte), encontraram-na ainda de olhos fechados e muitíssimo serena. nos lábios, rutilava um sorriso do mais puro contentamento.

um pensamento me vem ao espírito sem ao menos fazer-se perceber como um pensar; tecido (suspeito) desde a confissão daquela estranha, que sem ver agora sorria. só quando compreendi o destino deste meu pensamento, apercebi-me acolhendo-o muito adequadamente à minha própria quadratura. contorno aderente, muitíssimo adaptável às linhas do meu ser: se não fosse o sorriso, ela seria exatamente como eu? pode alguém deitar-se entre os mortos, como se morta fosse, e s'erguer, tão infecta de morte, para viver uma vida, assim, de uma felicidade tão legítima? posso me refazer a mim para dela ser espelho?

uma náusea terrível estremeceu cada parte do meu corpo.

REMINISCÊNCIA VIII
A GRANDE VERTIGEM

> Un pájaro pequeño cruzó en vuelo
> este cielo nublado de blanco y gris,
> fue una ráfaga fugaz
> en un instante de mi vida y de la suya.
> Mi ventana rompe las paredes blancas
> y se abre a la luz,
> mi ventana siempre abierta
> espera el sol anhelado;
> el invierno se le cuela al almanaque
> y yo río con mi risa grande.
>
> CRISTINA RODRÍGUEZ CABRAL. *UN PÁJARO PEQUEÑO CRUZÓ EN VUELO.*

já faz um tempo desde a última vez na qual me dediquei a dar seguimento à escrita desta minha *A ressurreição de Lázaro*, até consegui terminar a última máscara e entregar à minh'amiga do parque municipal. ela ficou muito contente. são meados de maio, agora, e o tempo está claro e particularmente agradável, e eu bem disposto. parece-me a mim um momento adequado par'escrever. porém, por onde devo retomar esta narrativa? eu que não havia muito decidi por lhe dar outro encaminhamento, vejo-me obrigado a tomar seu curso anterior. então, retomo pelo princípio do princípio, como desde o início deveria ter sido, isto é, quando encarei aquele abismo-janela, vi o pássaro cruzá-lo bem diante dos meus olhos e, arrebatado, morri de minha primeira morte. verdade seja dita, eu havia me decidido por retroceder e me calar de vez, quando atinei qu'este momento se avizinhava. digo mais: ocorreu-me queimar tudo. pacto violado. a lembrança mais clara que tenho d'ocorrido até hoje é uma que me veio quando ainda estava internado no hospital municipal de urgência. se bem que parece mais um sonho que uma lembrança. talvez sonhasse com o ocorrido, ou eu pensasse ter ocorrido porque sonhei, e esta última hipótese não me parece de todo crível, afinal eu de fato cai do prédio e acordei no hospital, comido de dores. porém não falo da queda em si, pois isto é fato, e sim do que a antecede, do que me levou a ela, essa razão que me escapa toda vez. de uma forma ou de outra, aí está posta a questão: por ter sonhado com o ocorrido, me custa dizer como aconteceu. a expectativa era qu'escrevendo *A ressureição de Lázaro* pudesse superar no fato a aparência do qu'era sonho. não digo tê-lo conseguido; em verdade a ambiguidade permanece tal que, à vista disso, doravante, narrarei o fato das duas formas como me recordo.

    eram nove da manhã de uma quinta-feira, salvo engano. a enfermeira entrara sisuda (aquela qu'estava presente quando acordei e me deparei com mana lázara ao pé de minha cama). sem que absolutamente nada dissesse, intuí que guardasse mágoas quanto às minhas "predileções"; a atmosfera parecia-me comunicar isso. pensei até que me dirigiria xingamentos de toda sorte, que gritasse aos corredores qu'eu não passava dum "chibungo", ou pior, que dissesse ao médico e à mana lázara ter a loucura feito de vez morada em minha boca, e qu'inventasse qualquer disparate. em vez disso, para meu remorso, estava mais gentil que de costume, embora mais calada, discreta, fechada. a mulher tem isso de ser um templo fechado; e se fecha sempre que a insensatez dos homens se revela. se porventura tu, querida enfermeira, me lês agora, peço-te sinceras desculpas, não foi por crueldade o que te fiz, o que não significa dizer qu'eu não tenha sido cruel. perdoa-me.

depois de ter feito todos seus afazeres retirou-se. porém, para meu completo desconcerto havia alguém... havia alguém deitado comigo lado a lado; não posso afirmar s'era AQUELE ou o OUTRO – o de narinas dilatadas, de uma focinhez de bicho que fareja –, ou quiçá ESSE que visitara luzia (ou mesmo eu), o que se disse "SEM-NOME"; mas estava ali colado a mim, com uma respiração lenta e sonora, tão próxima e íntima que por um instante cogitei que fosse minha própria respiração. ele s'impetinga em meu lado, sem que me atreva a encará-lo. sinto como s'ele virasse de bruços. parece sussurrar em meu ouvido: se tu tendo morrido, permanece depois de ti mesmo, dilatando-te par'além do tempo qu'era teu, o qual te foi dado desde o início, como podes ser aind'assim tão queixoso? fic'aí perguntando do MISTÉRIO, dum jeito de gente mal agradecida que só sabe reclamar de tudo enquanto que se lhe acha à volta. não sou grato, respondo, também não sou ingrato, pois aind'agora não sei dizer nada sobre o presente recebido, afinal os gregos também dão presentes. e AQUELE não o daria ao modo dos gregos? presentear-me-ia com danação, com desalento? difícil abdicar do tempo e encarar a ETERNIDADE. não é a morte a reguladora da duração, deste meu tempo, deste nosso tempo de SER ou ESTAR? por isso prolongando-me a mim indefinidamente no agora, estou fora da duração, exilado para a ETERNIDADE. por que isto, pedro, t'incomodas tanto?, ele pergunta, sem qu'eu ainda me atreva a encará-lo nos olhos. porque duração é certeza; finitude é certeza. quando AQUELE tirou de mim a morte, tirou o mais exato, o meu chão, o meu alicerce. tudo que fiz e vivi foi em função de minha morte. mas agora que sou o redivivo, tudo se faz aos meus olhos tão ínfimo, tão sem propósito... o ser ou o estar injustificado das coisas é para mim um doloroso vazio. e qu'é para ti, então, ó pedro, isso a que tu chamas ETERNIDADE? para mim ETERNIDADE é aquele poema de Rimbaud. já o leste? é aquele que diz:

Elle est retrouvée.
Quoi ? – L'Éternité.
C'est la mer allée
Avec le soleil.

é bonito pedro, é bonito; de fato o é, mas... mas meu espírito não consegue apreender dele o sentido. pedro! eu nunca vi o mar! escuta! olha-me bem quando digo, olha-me lá no fundo dos meus olhos, e escuta: é preciso atribuir um sentido a este fato. "é preciso... atribuir... é preciso atribuir um sentido a esse fato...", repeti para mim mesmo, sonolento, e adormeci. eis o que sonhei.

(i) primeira versão do episódio de minha morte:

naquele dia (o enigmático dia de minha morte), o cineteatro municipal estrearia a nova programação de verão naquela noite, com a encenação de *Mistero Napolitano*, de Roberto De Simone. eu havia comprado meu ingresso e me preparava para logo mais, quando sem razão aparente resolvi abrir a janela de meu quarto. simplesmente parei aí, e fiquei escutando os sons que vinham do lá de fora.

... li prete pe la via,
li prete pe la via...

buzinas de carros. o grito a plenos pulmões de um ou outro vendedor ambulante que invade a avenida quando o semáforo interrompia o trânsito. o choro veemente d'alguma criança que não consigo ver, perdida, quem sabe, entre o fluxo dos que passam, chora desesperada, ou quiçá seja um choro de birra, de descontentamento diante dum desejo negado pelos pais. um carro de som atravessa lentamente a esquina, repetindo, com insistência, o anúncio das promoções de uma loja de conveniências recém-inaugurada, a duas quadras do meu condomínio, sem que lhe deem aparentemente muita importância. soma-se o guincho lânguido e agudo das brocas furando o concreto e penetrando o aço com uma fria volúpia e violência, no campo de obras do outro lado da rua. todos esses ruídos chegam a mim como um só som, uma espécie de sinfonia dissonante, e eu permanecia distraído, ou melhor, permanecia de uma atenção que flutuava, captando tudo, sem a nada me agarrar. fiquei assim por um longo instante.

> ... *li prete pe la via,*
> *li prete pe la via,*
> *li prete pe la via caso rattato...*

porém, um som estridente, vindo de não muito longe, rompeu, imperioso, elevando-se acima de toda a atonalidade daquela cacofonia, atraindo, em absoluto, meu sentido para si. esse som me perturbou, pois, por sua beleza e limpidez, destoava grotescamente do entorno, fazendo-o parecer esquisito, como se não pertencesse ao restante do mundo ou como se fosse uma inserção acidental e, de certo modo, demasiada artificial. por isso não foi apenas bonito, como igualmente triste, porque fiquei com a impressão de que não havia possibilidade de lugar para tal melodia, ali. mas isso era um dado irrelevante para quem cantava, que nem ao menos sabia que seu cantar era um canto de muita estranheza: o pássaro (às vezes um avinhado, às vezes um canário da terra) apenas abria as asas, planando, enquanto assobiava, alheio à sua própria intromissão. é nesse momento qu'ele cruza aquel'espaço que percebo: aquele vão sempre existiu, separando-me do lá de fora, e qu'essa descontinuidade entre o pássaro e o mundo é, portanto, também minha. entre mim e o mundo há um fosso. o pássaro pode cruzá-lo. eu só posso cair. no movimento súbito d'erguer a cabeça para contemplá-lo, senti-me tomado por uma profunda vertigem. algo anseia por irromper. gira, contorce-se dentro em mim. e de repente a imagem do pássaro e a sensação de vertigem são surpreendentemente, para mim, uma única e mesma coisa. esse pássaro-vertigem reconduz meu olhar para o de fora e abaixo: a extensão do mundo. de pronto estava imergindo novamente no que me prende, a todos aqueles cotidianos, àquela interminável orgia. à beira do precipício senti como se o chão debaixo de meus pés começasse inexplicavelmente a ceder; não! a sensação fora ainda mais terrificante: incapaz de me manter em pé, ileso ao canto do pássaro, este corpo desabou com seu próprio peso e substância. a descida durou menos de um milésimo de segundo, mas na lembrança parece mais. muito mais.

> ... damm'e fai, fai, fai, ué, marò
> vulesse ca chiuvesse maccarune
> li prete pe la via,
> li prete pe la via,
> li prete pe la via caso rattato...

detalhes explodem: a profusão de cores no céu, a luz do poente tremeluzindo no vidro e no aço do prédio, o pássaro rasgando o infinito sem demonstrar nenhuma consideração para comigo, minha mão erguida, estúpida, patética, vazia, tentando alcançar o impossível. depois um estalo muito forte e em seguida aquele mesmo mundo tingido de um espectro d'intensas cores se fez uma só negridão; depois do negro, se fez o branco de um quarto; do branco, uns dourados de sol; do dourado, um vermelho refletido no espelho do guarda-roupa defronte à minha cama. nessa sucessão, o que de mim ansiava irromper, inexorável, irrompeu. víscera. e sangue.

esse lampejo me lança pra baixo e pra baixo e mais pra baixo ainda... a aparência de infinitude deste abismo-janela reconduz a mim a opressora sensação de vertigem, mas a consciência que a percebia era um abismo ainda mais profundo. sou assaltado por uma tontura tremenda, uma única vez experienciada. o desespero qu'esta crise me provoca é tamanho que fecho os olhos com toda força que possuo, comprimindo as pálpebras violentamente. posso até sentir rugas se formarem em minha testa em decorrência da pressão exercida por meus músculos faciais; ainda em decorrência da força, minha mandíbula se contrai quase que involuntariamente. dentes parecem ranger. no turbilhão da carne qu'é esta vertigem face à lembrança de minha descida ao abismo-janela, o espírito se me converte em presa; pois o turbilhão da carne é também um indivisível agitar do espírito. mas isto é só impressão, uma vez que não é o corpo-espírito, e, sim, o mundo desmoronando em derredor, num vórtice, e com ele toda possibilidade de estar além, como o pássaro cruzando o firmamento. mas se isto por outro lado fosse verdade, então, por que a pontada em minha cabeça? por quê? então de ond'essa horrorosa enxaqueca a se anunciar, se não de mim? à medida qu'esta crise de tontura psicossomatizada vai se agravando tudo se precipita subitamente rumo à escuridão. e, ainda, sob domínio desta sensação, senti o mundo cessar; silêncio e imobilidade se refazem igualmente em minha carne, reproduzindo ainda a minha queda. péra! às vezes, pareeeece silêncio e imobilidade; outras é mais como uma fome, sabe? soluçosa e negra fome. mas s'eu abocanhar o pássaro-vertigem que gosto? que palatável destino seria esse dum diminuto pássaro num caldo raso? seja como for, neste ponto meu rememorar estanca diante do enjoo que revira as minhas entranhas. empalideço.

preciso de uma pausa!

(ii) **segunda versão do episódio de minha morte:**

esta segunda versão, prezado leitor, que relata o episódio de minha primeira morte, não é muito distinta da precedente, diferindo, em linhas gerais, apenas em seu cenário inicial; o resto permanece praticamente inalterado, e agora como antes persiste a dúvida quanto à natureza do pássaro (às vezes um avinhado, às vezes um canário da terra). assim sendo, transfiro o espaço em que se deu o evento do quarto para a sala. feito este deslocamento, prossigamos na identificação dos outros detalhes pelos quais o quadro ora apresentado se faz diverso.

eu esperava pela hora de ir ao cineteatro municipal para assistir a *cantata* de De Simone, mas parece que o tempo flui assustadoramente lento, com um vagar cuja anormalidade desafia o entendimento humano, nestes breves instantes de lucidez nos quais temos inteira consciência dele. seguindo com esta acareação, introduzo agora o fato que faz desta tarde absurdamente inverossímil uma narrativa (para certo tipo de leitor ao menos, e se tu chegaste até este ponto julgo não ser este o teu caso), uma narrativa descreditada. sem aviso de qualquer tipo, uma voz indistinta, uma voz vinda do seio da terra ou quiçá do meu íntimo um átimo, proclama o imperativo do misterioso chamamento:

... *pedro, vem*...

preciso ir. mas para ond'eu iria? olho para todos os lados sem dar pela pista do caminho sugerido. girando sem sair do lugar, dou meia volta, sacudo o calcanhar, subitament'eu perdia meu senso de direção e me via invadido por uma angústia profunda. completamente atordoado, ocorreu-me ir à janela e me jogar lá embaixo, acabar com tudo. pois a sensação simplesmente m'era insuportável. todavia tão logo veio, foi embora sem que s'explicasse tal sensação. recuei e fiquei a olhar, desistido, o mundo lá fora. o leitor atento perceberá nisso o problema enunciado anteriormente: se, em sonho, era o caso qu'eu misturasse dois episódios, ainda que contíguos, completamente diferentes, o da minha morte e da minha ressurreição. quanto ao resto, você já sabe: eu mergulhei no abismo-janela, rumo à minha extinção, para depois acordar num quarto do hospital municipal de urgência.

e, no entanto, nesse agora eu, o ressuscitado, voltaria ao mesmo quarto, para olhar pela mesma janela, enquanto escrevo minha *A ressureição de Lázaro*. supus que fosse algo digno de manchete, primeira página, com certeza, afinal que singularíssimo evento! o morto que à casa retorna! quem é aquele?, perguntariam, o nosso lázaro! o redivivo, o ressuscitado!, de pronto responderiam vozes abafadas, apontando para a manchete no jornal e depois para mim, com um ar teatral. ora, seria divertido ouvir isso sobre mim, e como seria! e eu, por orgulho, certamente não endossaria esses comentários; ao contrário, dissimularia um ar de desentendido, aquilo de ficar na minha, calado. é este tom de mistério que acresce ao miraculoso! por isso não direi nada, deixarei apenas que falem. e falem muitíssimo a meu respeito. e toda vez que lhes sobrevier o meu silêncio como cerimoniosa resposta, cuidarão que no que disseram há algo de inconclusivo, e aqui e ali emendarão qualquer coisa, por mais absurda que se lhes pareça, até que eu esboce expressão, até que o gesto traia o não-dito. outros, é claro, diriam, incrédulos, enraivecidos até: ... *fake news*... imprensa lixo... sensacionalismo barato... não passam de narrativas... e alguns com dedo em riste, bradariam: olha só, lá vai o lázaro de taubaté! para esses uma expressão religiosa, resiliente, aind'assim com alguma coisa de dignidade farsesca, para que plante a dúvida, mas não ao ponto de extirpar de todo sua convicção. e isso me pareceu ainda mais divertido! dias depois, acaso ou não, enquanto fazia meus recortes de papel, encontrei o jornal com a data do ocorrido. primeira página: uma atriz havia tingido os cabelos de roxo.

REMINISCÊNCIA IX
ANÚNCIO DE JORNAL

acudia-me a impressão dos dias passarem rapidamente. pior, sem qualquer avanço significativo em minha empreitada, depois que todos os sentidos que buscava se esvaziaram diante da indeterminação trazida ao meu consciente, malgrando minha tentativa de pôr no papel o que m'incomodava. fiquei sem vontade de nada, num desânimo só. o que mais me custava perceber ou admitir no MISTÉRIO cravado nestes pequenos e mínimos cotidianos e que segue a me confundir e, em certa medida, a minar (não só a credibilidade como, principalmente,) o objetivo desta narrativa é uma tendência aparentemente incontornável aporia. contudo, não posso simplesmente quedar-me tão complacente diante da reticência, abraçar a renúncia. é preciso ajustar-me, buscar outro meio pelo qual refazer o meu caminho. foi aí que me veio muito inesperadamente uma grande sacada. mandei publicar num jornal qualquer o seguinte anúncio, destes que publicam qualquer coisa:

procura-se homem muito alto e magro,
o rosto é mysterium tremendum et fascinans.
foi visto pela última vez quatro meses
atrás no hospital municipal de urgência.
paga-se bem pela informação.

eu não saberia dizer o que sucedera no dia de minha morte, mas s'eu não misturava dois eventos distintos, e AQUELE de fato lá estava quando quedei, poderia ele dizer o que de fato se sucedeu. e exatamente o que de mim queria. por que me chamava.

ninguém apareceu no primeiro dia, nem no segundo. mas não desanimei. segui fazendo meus recortes de papel. uma vez qu'eu tinha tomado gosto pela coisa, agora os fazia para mim mesmo, como um passatempo. no terceiro dia comecei a receber todo tipo de trotes. mana lázara se irritou: que diabos você tem na cabeça?! não disse nada, pois me sentia culpado. quando uma semana havia se passado cheia de telefonemas e mensagens de zap com falsas informações, amarguei-me. fui um completo tolo. aconteceu, porém, de forma inesperada que num dia, por volta das três da madrugada, alguém batia à minha porta. escutei mana lázara arrastando-se, sonolenta, pela sala a praguejar. em seguida, um longo silêncio. gelei. não tive tempo para divagações ou pra alimentar maiores receios, pois segundos depois minha mana embarafustou-se pelo quarto. alguém havia passado uma carta pela fresta da porta. ela me olhava zangada. por certo outro trote. de algum vizinho dessa vez, ela ralhou. por isso não lhe disse nada a despeito do conteúdo do envelope que me entregara antes de retornar ao próprio quarto, exasperada. nele havia um recorte de jornal e um bilhete:

no seu apartamento, amanhã às 17h00.

curiosamente, não havia qualquer tipo de indicação no anúncio quanto ao meu endereço, apenas meu número para contato. além disso eu apenas informara meu primeiro nome. como a pessoa poderia saber ond'eu morava e qual pedro era o pedro correto (afinal, não posso ser o único pedro nesta cidade)? arrepiei-me. estava convicto: não tinha como voltar atrás.

REMINISCÊNCIA X
ENQUANTO ESPERO POR MINHA SEGUNDA MORTE

> Au bout du petit matin, la grande nuit immobile, les étoilés plus mortes qu'un crevé,
>
> le bulbe tératique de la nuit, germé de nos besses et de nos renoncements.
>
> AIMÉ CÉSAIRE. *CAHIER D'UN RETOUR AU PAYS NATAL.*

eu, pedro, desejava uma solução, buscava-a pela escrita; porém não há solução nas sentenças, nas palavras, ou melhor, naquilo que as palavras são capazes d'exprimir, uma vez que antes daquele episódio, tudo m'era luminoso e compreensível; só me resta a desgraça como solução derradeira, o ignominioso que se anunciara quando me tocando fez mana lázara com qu'eu tocasse-me em mim. mal o desejo se formara em meu coração para que o receio m'escravizasse. todavia, eu não disse? cedo ou tarde minha existência-anomalia atrairia o infortúnio. ele chegou. convido-o agora para entrar e se sentar à mesa, entre mim e lázara, e conosco, nesta noite, cear. eu, pedro, havia morrido uma vez e, por isso, estava ciente de que não havia mais espaço para mim neste mundo, no qual sou atormentado pelas lembranças da minha vida pregressa. o que quero dizer é que de forma alguma isto foi uma segunda chance. se quando a morte veio pela primeira vez, veio sem aviso, e chegou sem nem ao menos me deixar perceber que batia à porta, a minha; todavia, agora, certo aguardo minha segunda morte, devo me preparar para ela. creio que desde o início, escrever a minha *A ressurreição de Lázaro* fosse de certa forma uma preparação pr'esse momento que ora se avizinha. porém, resta uma dúvida, a derradeira dúvida. minha ressurreição borrara o limite entre vida e morte, transpondo a última da condição de destino inevitável, a uma pausa temporária no grande percurso do MISTÉRIO. e se mesmo uma segunda morte fosse apenas mais uma breve intermitência da jornada, então, onde meu destino? onde?! se desta vez, porventura, tendo sido sepultado, descobrisse o horror de acordar dentro do buraco, num exíguo espaço, como uma infeliz personagem d'algum romance gótico? aí... aí enlouqueceria de vez! eis-me a mim: pedro, o homem-lázaro, a esgoelar-me na minha grande noite. não, s'eu morrer de minha segunda morte, tomarei providência para qu'eu permaneça defunto, que cremem meu corpo, espalhem eu-NADA no lago artificial que cruzei num barquinho muito estreito com *lăo* wáng, numa tarde de intensa luz; e fazendo daquele lago artificial um segundo Ganges, terei, por fim, contribuído com meu óbolo, como antes queria.

    hoje meu amigo virá ceiar conosco, avisei mana lázara com um tom solene. e como ele é?, pergunta ela, digo: o rosto, como é? o rosto é *mysterium tremendum et fascinans*. ela esboça uma expressão de aborrecimento, faz o gesto de reclamar, mas desiste, resmunga alguma coisa para si mesma, em voz baixa, e se retira. já não conheço mana lázara. a mana sempre fora prestativa e muito boa nesses afazeres de casa e de cuidar de gente enferma (aliás, ela tinha um curso técnico em enfermagem), porém agora parece que tudo, até o vento nas ramagens, a incomoda. várias vezes escuto-a ralhar contra o nada. blasfema. maldiz tudo e a todos. não só de jeito se faz mudada, bem como de aparência. minha irmã rejuvenescia de uma forma fantástica, sem que s'explicasse prodígio tamanho. note: até o enrugado de suas mãos não mais existia. em verdade, ninguém sequer suporia que fora um dia muitíssimo noturna, ou quiçá terrosa e pesada; mas, ao contrário, certamente cuidariam: pedro, não disseste que tinhas uma irmã mais nova! que beldade! que beldade! do assombro que me vem, olho-a e penso: teus peitos não caíram. mesmo quando já me falta cabelos na cabeça, pasmo, teu peitos não caíram! o amor é fonte da juventude; ei-la saída de suas águas com o frescor da primavera. todavia, perto de ti quem sou? taciturno morto. o ressuscitado.

    meu amigo havia chegado na hora combinada, nem um segundo a mais ou a menos. pontual como sempre. mana lázara abre-lhe a porta. ao fundo, um bando de quatro moleques barulhentos cruzam, como pequenos diabretes, o corredor. com rostos cobertos por máscaras de papel machê coloridas com guache, eles passaram pulando, ululando, gargalhando, gritando todo tipo de obscenidades e alguns mesmo dando cambalhotas. o menino que usava uma máscara vermelha para por um breve momento e m'encara; tive a impressão dos olhos por trás da máscara rutilarem por um instante, com assustadora intensidade. mana lázara ralhou contra eles. mas já haviam sumido; provavelmente dobraram no fim do corredor e àquela hora desciam as escadas. para o exaspero da mana, com um eco diabólico suas gargalhadas de desdém ecoavam estridentes pelo corredor. peço-lhe desculpas por isso, disse mana lázara ao recém-chegado, visivelmente constrangida. ele nada disse. silencioso, el'entra, tira o casaco, puxa uma cadeira e senta-se entre mim e mana lázara. o lustre logo acima da mesa ilumina suas feições, projetando sobre elas luz e sombra. destacam-se primeiramente seus lábios grossos e rosados, cabelos pretos encaracolados caídos à altura das sobrancelhas, pele impecável, sem marcas, cravos ou espinhas, a barba rapada, pescoço alado, ombros largos, sobrancelhas espessas e mui bem desenhadas sob uns olhos vermelhos, olhando sempre pro de dentro, pr'esse mais agudo de si mesmo. víscera. e sangue.

meu irmão avisou agor'apouco sobre sua vinda, por isso não pude preparar coisa mais adequada. se não lhe agradar, podemos pedir algo pelo delivery. tem um restaurante muito bom aqui perto que faz entregas.

não há necessidade disso, meu amigo responde devagar.

meu senhor, desculpe a indelicadeza, é que nunca o vi antes. o senhor e pedro trabalham na mesma repartição?

meu amigo e eu nos encaramos fixamente. ele sorri, desconcertado.

penso: tu, pedro, és o mesmo que AQUELE que, à beira do teu leito, te chamou pelo nome e disse "vem", o mesmo também sob a forma d'OUTRO com as narinas dilatadas como se de bicho que fareja, e, ainda, ESSE, o SEM-NOME, que contigo se deitou para rememorar a queda no abismo-janela, no dia de tua primeira morte, e cujo rosto é *mysterium tremendum et fascinans*; tu és o mesmíssimo de ti mesmo, tão tu como só tu poderias sê-lo: opaco, cindido e disperso; e ainda assim, tão reverso de ti mesmo, porque simultâneo. eis aí o mais adequado para descrever tua identidade: concomitância, pedro. concomitância. e isto é dizer mais (muito mais!) do que podem supor teus colegas de repartição (os bajuladores, obviamente), quando te pensando a ti, imputam-te uma prenhez como atributo supostamente indigno de tua virilidade, desprezando as tantas formas de ser tu mesmo que teu espírito aglutina, intersecciona. agora percebo: não há eixo sobre o qual ordenar todas as coisas e ajustar a mim mesmo, e que, por mais qu'eu lute, o imprevisível e o inconstante, em mim, se faz permanência.

mana lázara comia com o rosto enfiado no prato, o olhar sempre baixo, como habitualmente fazia (quer dizer ao menos esse hábito ela havia preservado); quando de súbito parou e ficou a pigarrear. para que não se constrangesse fingi não perceber. como quem desconversa, olhei pela janela. os moleques de antes agora brincavam junto do canteiro de hortênsias. quando uma senhora passa por eles com seu gatinho no colo, foram por ela praguejados por fazerem tanta arruaça. apenas continuaram a rir e mais alto. dessa vez suas gargalhadas me causaram um calafrio.

 mana lázara ainda tossia. o que de início pareceu ser um simples engasgo ou a tosse costumeira mostrou-se ser um gemido doloroso, baixo e prolongado. um grande tremor tomou as suas carnes, de modo que, subitamente, empalideceu. a respiração irregular estava agora visivelmente alterada; seu peito arfava com violência. a mão estava firmemente cerrada sob a mesa, os dedos terrivelmente crispados. seus olhos saltavam das órbitas; e ela relanceou em derredor, aturdida, como se não enxergasse direito, como se forçasse os olhos contra um véu espesso que se lhe embaçava a vista. pouco a pouco, seus gemidos foram se intensificando até se transformarem num urro surdo. nesse ponto, ela levou a mão com os dedos rígidos, em garra, em volta da garganta. em seguida, inclinou a cabeça para trás, depois o restante do corpo, caindo da cadeira no chão com um baque estrondoso. a esta altura ela já vomitava sangue. seus lábios contraíam-se, enquanto fechava fortemente a mão em volta da garganta, onde veias destacavam-se pronunciadamente de forma macabra, latejando com violência, como se fossem explodir a qualquer momento. a pequena lázara levantou-se, os cabelos desgrenhados, encharcados de bile e sangue, as pupilas horrivelmente dilatadas. ela não disse palavra, apenas pôs-se a rir de um riso frenético, delirante, enlouquecida pelas dores, sacudindo o dedo indicador em minha direção, antes que uma nova convulsão lhe sobreviesse, jogando-a novamente, em agonia, contra o chão. toda torcida, ela ria mais alto, completamente fora de si, como se finalmente entendesse o que se passava. o sangue ainda jorrava pela boca encrespada em transbordamentos de um hálito ofegante.

 lá fora, os moleques ainda riam. este fato reconduziu meu olhar automaticamente para a janela. o garoto de antes (o de máscara vermelha), percebendo qu'eu os espiava, encarou-me a mim, mostrando os dentes num sorriso maroto, como se segredasse ao seu melhor amigo alguma traquinagem da qual, por pouco, não fora pego. senti o sangue em minhas veias gelar. engoli em seco. seus colegas, os quais tendo se adiantado em direção à quadra de esportes do condomínio, pararam abruptamente ao tomarem ciência da sua falta, e lhe gritavam algo que não pude entender; porém, presumo que lhe chamavam pelo nome. e correndo ao encontro de quem o aguardava, pôs o dedo sobre a boca num gesto de silêncio, despedindo-se de mim com uma piscadela. *shhhhhh...* mesmo a distância, seu assobio chegou a mim com uma clareza assustadoramente inexplicável, como nenhum grito de seus amigos, mesmo com exemplar potência, me alcançara; como se fosse o som de um daqueles apitos de adestramento que só um específico ouvido escutaria, com inigualável nitidez. aquele zumbido resvalou em minhas orelhas; percebia vagamente (e nem por isso de forma menos inquietante) neste som algo de bem antes, reencontrando em seu íntimo os vestígios de um desconcertante vocativo. e naquele momento, me pareceu chegar aos ouvidos, na vastidão daquela sala, o som d'AQUELE que me chamara pelo nome, lembrando-me que é preciso antes de tudo ir, abandonar o que não me pertence mais; como o pássaro diante de minha janela, cortar o assombroso do abismo sem levar carga. e o qu'eu possuía? uma inabalável certeza diante da MORTE. para me provar que nada é preciso, até isso foi tirado de mim. para provar que só cruza o abismo quem nada leva fez-se-me em mim uma completa oquidão. célere, baixei a cabeça e tornei a comer o guisado. estava frio. detesto comida fria. sempre detestei. desde criança, quando me ofereciam o-de-comer gelado eu fazia careta e tratava logo de cuspir no chão, ali mesmo num canto da sala. empurrei o prato para frente, nauseado... profundamente nauseado. um profundo silêncio se fizera reinante neste oco de sala, enquanto eu divagava; foi aí que percebi. sobressaltado, olhei, mais uma vez, de relance, para minh'irmã. ela não mais se mexeu. estava morta. eu também.

    devo ir, anuncia meu amigo, levantando-se abruptamente, com um ar cerimonioso, enquanto veste o casaco. já é hora; se me tardo, haverei de ter muito problema! e tu, pedro, meu caro, não vens?

REMINISCÊNCIA XI
UM QUASE-EPÍLOGO

mana lázara acorda, levanta-se de forma brusca como se desperta dum longo pesadelo, os cabelos desgrenhados e duros por causa do sangue seco, os olhos arregalados de indizível pavor. levando as mãos suadas a cabeça, grita ao olhar para mim:

ahhhhhhhhhh, que diabos aconteceu?!

ceávamos quando você morreu, explico-lhe com calma. mas isso tem quase quatro horas.

verdade?, pergunta.

assinto positivamente com um movimento de cabeça. ela abaixa o rosto, apalpando-o com as mãos trêmulas, enquanto murmura meio para si, meio para mim:

bem qu'eu suspeitava mesmo que o tempo todo eu estivesse morta! e dirigindo-se novamente para mim, sobressaltada, brada, e quem é AQUELE? AQUELE qu'esteve aqui mais cedo?! tenho certeza que havia mais alguém aqui! era teu amigo, não era? ond'está teu amigo?! ouvi quando me chamava pelo nome e me dizia "vem".

- 📷 editoraletramento
- 🌐 editoraletramento.com.br
- ƒ editoraletramento
- in company/grupoeditorialletramento
- 🐦 grupoletramento
- ✉ contato@editoraletramento.com.br
- ♪ editoraletramento

- 🌐 editoracasadodireito.com.br
- ƒ casadodireitoed
- 📷 casadodireito
- ✉ casadodireito@editoraletramento.com.br